在漆黑的夜晚
我離開了
我安靜的房子

IN EINER DUNKLEN NACHT GING ICH AUS MEINEM STILLEN HAUS

PETER HANDKE

彼得・漢德克——著　彤雅立——譯

這部小說雖然與
薩爾斯堡市郊的塔克桑
這地方有些許關聯
卻與當地的藥劑師或同代人
少有或是毫無關聯

目次

導讀

訴說寂靜

——童偉格（作家）

出發、尋找、發現和繼續尋找蘑菇的時光：「是一種永恆的方式」。要說到他本人：在他的人生之書裡，他看到寫在裡面的並非是所有那些在法庭上成功辯護的無罪釋放，而只是穿越森林的一次次探險。

——彼得．漢德克，《試論蘑菇癡兒》（二〇一三）

在德奧國界河濱、薩爾斯堡郊外，確有一處偏僻的小地方，名為「塔克桑」。時至今日，若檢視地圖，我們會發現它的形廓，仍然和大約三十年前，彼得・漢德克描述的一樣：受火車鐵軌、高速公路和機場跑道切圍而成，這個畸零的「三角地帶」，頗便利人們從周遭通過，卻也因此，使人難以進入其腹地。這處「被重重包圍的境外領土」，在戰後，主要容留了難民、東歐德裔離散者，與無家之人。它有一條商店主街，自身，卻稱不上是一座城鎮——主街以外，多是各有圍籬的住所、營舍或田野。具體，更像是「一座平地碉堡」，封印了冷戰的時光。這座寂靜碉堡，在邊境之上，摺曲了更多樣的邊防，也因其曉暢的孤立，使過路人得以放心漠視，並遺忘在身後。從郊外，直到河濱，這片地域頗適合隱身，且也就是一九七九年返奧後，直至一九八八年，漢德克選擇定居的所在。一個國境之內的「境外」；一處異鄉般的原鄉。

創作於一九九六年，漢德克再度旅法期間，《在漆黑的夜晚，我離開了我安靜的房子》這部小說，即以摹寫昔日的塔克桑實景，帶起虛構的敘事。整部小說，始於早夏某日，塔克桑藥劑師的尋常遊歷：從國界河濱家屋，到主街的「老鷹之家」藥局（他執業的地方），再到機場附近的森林與地窖餐館（每天下班後，他都到此吃晚飯）；直到夜裡，他回返家屋。對藥劑師而言，這個每日雷同的、「三角形的移動」路線，彷彿，正是他為了融入這處特異三角地帶，所發展出的在場形式。他的日常生活，就是一種每天重複的生活擬態。

臨場的群聚生活，如斯使他自覺隔閡。似乎，對他而言，無人與聞的觀照，更貼近生活的實相——比起工整的成藥，他更衷心熱愛恣意生長的蕈菇；一如更多年後，漢德克另一部小說《試論蘑菇癡兒》裡的主角。森林裡的尋覓與發現，尋覓途中的滯留光影、所遇事景，在他獨自的查察裡，皆藏存了更無垠的隨機與無序。彷彿，重複的生活擬態，只是為了從其破綻中，裂解出另類更可欲的生活。由此，在描述了藥劑師的尋常遊歷後，小說的敘事，隨即演繹表象的裂解：以重複細節的驟然差異，漢德克嚮導讀者，開始就地漫遊。

故事首先，是在漫長早夏後某夜，塔克桑突然下雨了。從地窖餐館出發，如今失語的藥劑師，與剛結識的兩位友伴（即詩人，與奧運選手）一起出發，抵達「聖塔菲」之城內，夜風中的慶典。並且，遭遇了一位女士的襲擊。故事中的「聖塔菲」，無關實存於美國新墨西哥州的聖塔菲，而僅更像是卡夫卡在《失蹤者》裡，對

「紐約」與「奧克拉荷馬」的借名，指稱無可名之的陌異。故事其次，是在慶典過後，當林間落葉氾成洪流，藥劑師見歷兩位友伴的變貌，並在「聖塔菲」郊區的旅館兼酒吧，與友伴們訣別。

故事最後，則是藥劑師獨自，走入了寂靜大草原，在其中，與自己認識更久的友人，安德烈．魯蛇重逢——正是這位魯蛇，在昔日的塔克桑，帶領作者「我」，結識了藥劑師；如今，卻不知為何，魯蛇已成喑啞的草原隱士。隨後，藥劑師受最初襲擊他的那位女士接引，在遊歷了確切實存的薩拉戈薩城之後，乘著巴士，回返塔克桑。此時，夏天已經過盡，國界河濱的家屋清冷，「一切都跟之前離開時一樣」。

這個漫遊故事，乃從塔克桑到「聖塔菲」，再到薩拉戈薩，直到深夜，重返安靜的家屋。藥劑師這半年遊歷，所依循的動線邏輯，彷彿是他在塔克桑尋常一日裡，三角移動的大規模拓樸。由此，虛擬的「聖塔菲」，與實寫的薩拉戈薩，皆可指喻小說主角藥劑師，也許，從未走離的塔克桑。或者，如我們已知：事實上，塔克桑此地容留的，已經就是各種離散過後的、虛擬或實存的地景了。

於是，或許能這麼說：某種意義，《在漆黑的夜晚，我離開了我安靜的房子》這部小說，是藉摹寫昔日的塔克桑，與藥劑師的所謂「離開」，複現上述的重層歸返——以故事經「我」轉述的方式，這部小說，輻散並彌合今與昔的時差；以主角三度離境的行蹤，小說再三反語塔克桑，這處摺曲之地的原地流轉。或者，毋寧是形同從未變異的孤隔。

這大概亦是為何，整部小說裡，一切看似無序或隨機的表象差異，皆受漢德克強制的三角構圖學所拘束。除了上述的三角移動拓樸外，漢德克總在小說主角身邊，布置兩名同行者：在主角的半年漫遊裡，有詩人與奧運選手，他們，為失語的藥劑師代言；在漫遊將盡時，則有隱居在故事結尾的安德烈．魯蛇，以及終究，將要代替藥劑師，重新寫下整個漫遊故事的作者「我」。

安德烈．魯蛇的重層在場。故事開始前，他在昔日塔克桑的導介意涵，與故事終局，他在大草原上的靜默，示現了這部小說的重要命題之一——在一個寂靜之地裡，人對緘默狀態該有的警醒。這個命題，且也成為故事中，女人影子對藥劑師的直接勸告。女人的影子認為：開初，沉默將為我們放大世界的畛域（一如藥劑師，在失語中的神遊）；然而，縱然是寂靜的生活，也有對人傾訴的必要，只因持續的緘默，「最終將危及生命」。

如此，這整部將個人隱居之地，在多年以後，藉由強制構圖學裂解、化為紛紛語詞的小說，也就聯繫了更長程以來，漢德克諸多作品中，一再複寫的個人提問：在一個故事已死的年代裡，人為什麼還需要說故事呢？在此，漢德克以作者「我」，和藥劑師的對話，來作出直接的猜想：

我問：「可是，還有誰會想讀這個故事？你看，今天大家都是怎麼說故事的？既不在露天市集，也不在宮廷裡，故事不說給市民階層，甚至不對其他任何一個單獨的個體，它只說給自己聽——也就是說給遭逢那故事的人聽？」

他回答：「也許這正是說故事最原始的形式？也許第一個故事就是這樣開始說的？」

這是說：也許，世上第一個故事別無其他目的，和如今，世上一切猶有必要的故事一樣，本質上，都是為了突破遭遇故事者的失語而訴。說故事，正是藉由陳述「我離開了我安靜的房子」這個句子，來嚮導自己，離開自我緘默的密室。也於是，將一片寂靜地域，一再原地流轉，正是對此寂靜，最強悍的離境。在屬於漢德克個人的，更漫長的寫作系譜裡，《在漆黑的夜晚，我離開了我安靜的房子》所索引的，正是對他而言，這樣一種事關訴說，因此也攸關生命的「永恆方式」。

導讀

愛，帶我們走出心靈的黑夜

——耿一偉（臺北藝術大學戲劇系兼任助理教授）

應該先從這本書的書名開始談起，就像小說一開始提到薩爾斯堡附近的塔克桑，這個小鎮幾乎被遺忘，我們也很容易忽略書名的出處。《在漆黑的夜晚，我離開了我安靜的房子》這個標題的典故，來自十六世紀的西班牙神祕主義者聖十字若望（Saint John of the Cross）的代表作《心靈的黑夜》（*Noche oscura del alma*），一開始的詩句就提到：「在漆黑的夜晚，被愛的渴望所點燃。啊，幸福好運！我已離去無人留意，我的房子已安靜。」聖十字若望這首詩作，主要描述在信仰的路上，有時人們會進入一種什麼感覺都沒有的狀態，就像處在一種黑夜當中，這是一種危機，對愛與信仰都失去了感受的能力。

聖十字若望所提及黑夜離家的危機，實際上卻是一個成全自我的考驗。彼得．漢德克在九〇年代的歐盟背景之下，找到另一種詮釋這種黑夜狀態的文學角度。一位與世界疏離的藥劑師，一個失去說話能力的人（這個設定非常具有象徵意義），在開車穿越無數隧道，遊歷諸多無地方性的村鎮之後，最後找回生命得以往前進的動力。《心靈的黑夜》中，信仰危機者遭受了感官與心靈的兩種黑夜的考驗。小說主角藥劑師，同樣面對了這種雙重考驗。

漢德克完成這本小說時，是一九九六年，當時西歐正好經歷一件關鍵性的變化，那就是歐盟成立之後，申根區國家首度於一九九五年撤除其邊境關卡。自此之後，幾個歐洲主要國家像法國、德國、義大利、西班牙與奧地利之間，不再有官方壁壘，沒有邊境檢查，人們可以自由穿越邊界。這在當年來說，的確是繼一九八九年柏林圍牆倒塌，東歐解體後，又一個新的歷史轉捩點。《在漆黑的夜晚，我離開了我安靜的房子》的故事主軸，是在歐洲開車旅遊的冒險過程，而這段旅程，不但是外在的自我探索，也是對內在自我的重新探索。小說有著很強的公路電影感，當旅途可以超越熟悉的語言環境，朝向另一個他者文化前進時，就為小說的背景，準備了奇遇發生的溫床。

這部小說分成五個章節，作品一開始，是由書寫這部小說的作者，向我們轉述藥劑師的日常生活，「一個冬夜，一間幾近空蕩蕩的薩爾斯堡機場餐廳，他湊到我的耳邊說……」。我們不知道這我代表的是漢德克，還是某位理想中的說故事者。不過，這部小說主要的敘事結構，就是一個人向我們敘述另一個人是如何訴說自已的故事，而且作者經常在過程當中跳出來，與藥劑師討論故事情節的發展方向。而說故事這件事，居然在小說結尾占據了重要意義。

第一章所呈現的，是一位生活乏味的男人，連他下了班後，居民都認不出來他是誰的那種平庸男子。他與老婆雖然住在同一屋簷下，但早已分居，貌合神離，一個兒子被他逐出家門，另一個女兒跟男友搬出去工作。藥劑師的主要樂趣就是閱讀中世紀騎士魔法史詩故事，以及研究蕈菇。他每天上班與回家的路線也是固定而無趣的。他的生命就像他所居住的新興移民小鎮塔克桑一樣，缺乏任何具體地方特色。

不過在塔克桑的外圍有一片森林，而且森林當中還有另一片森林。在這個象徵超越力量的非文明空間，藥劑師在太太出外旅行後，一個人開車到森林，卻在這裡遭受了一個莫名的襲擊，導致他受傷。他隨後到常去的地窖餐廳治療傷口時，卻發現自己失去了說話能力，彷彿這個神祕攻擊事件所造成的，不只是外部，也包含心理層面的失能。在餐廳，他碰到兩個奇怪的客人，一位是移居奧地利的外國詩人，另一位則是前奧運選手。在滂沱大雨中，這兩個人上了他的車。他們三個人就這樣展開一段冒險旅程，而藥劑師是司機。

第二章主要在描述這段離家旅程，我們也可以讀到某種與

《心靈的黑夜》對應的呼應，小說如此描述，這趟旅行打開了藥劑師的感官，他意識到即使這趟旅程可能是致命的，也必要為了找回自己對生命的感受而奮鬥，「他分分秒秒都盡可能讓眼睛與鼻子好好睜開，彷彿隨著這場生存戰鬥的進行，歷經一個又一個的階段而更加堅毅，那些威脅他的東西，進入他的軀體與靈魂，他變成了它……不如讓感官與自我合而為一（但不能倒果為因），也許是一種出路。」

藥劑師彷彿踏上了中世紀騎士小說的冒險之旅，還帶著兩位可笑的隨從，自然在旅途中也一定要碰到一位貴婦。只是這位貴婦剛喪夫，半夜還跑到藥劑師的房間將他痛打了一頓。這個奇怪的鋪梗，到最後一章有了充滿浪漫的說明。這個情節設計，令我聯想到彼得．漢德克負責劇本的溫德斯電影《慾望之翼》，在電影最後所感受到一種壓抑情感被釋放的異常溫柔。這一整章的閱讀感受，就跟他們不斷開車的過程很像，「無論多麼荒涼，交叉路口都會發展成為圓環。整片歐洲大陸都有這樣的工程……才剛剛習慣直行，以為自己終於可以駛向終點，或者至少可以開得自在順暢，這時又會遇上圓環，一個又一個。」

漢德克在這裡的文學實驗，不僅僅限於敘事結構與角度，每個章節的行文風格，展現了該章節所觸及相關主題的感知模式。比如在第二章，很多地方都會忽然出現類似魔幻寫實的文句或場景，像是烏鴉忽然會說話，或是類似電影《地下社會》的荒謬慶典場面等，會像蕈菇一樣一個一個突然冒出來。可是隨著旅途的進程，小說文字愈到後面，愈是清澈，彷彿藥劑師經歷這段黑夜的靈魂之旅，找回愛的能力的同時，他看待世界的角度，變得更清楚及肯定，而小說把我們拉進主角在語言上所經歷的轉化過程。

第二章結尾時，他們到了西班牙，這個充滿異國情調之處，在村莊慶典中，藥劑師碰到自己的兒子，混跡在吉普賽人的樂團裡。接著小說有點類似前面提到圓環一樣，旅途又開始有迴轉的跡象，因為到了第三章，他開始展開一段新的旅程，只是這時候，他不再開車，而是步行，並與兩位隨從分道揚鑣。

小說的後半段，文句變得愈來愈清晰易讀，外在世界的細節也愈來愈多，特別是對自然世界的描述。第四章旅途主要在草原進行，似乎又能與在塔克桑的森林做對比，但此處文字風格完全不同。到了第四章，離家的藥劑師終於要歸鄉，這時候換成貴婦當司機。小說讀到了第四章，一切都變得開朗而動人，這種閱讀的經驗與喜悅，應該由讀者自己去發現與細細咀嚼。

最終章，是作者與藥劑師之間，對於為何要說故事的對話，他們將我們拉到語言這件事上，藥劑師說：「你得在我的故事裡提到『停歇』這個詞。『他停歇了。』首先，那是一個美麗的德文字，innehalten，充滿詩意。這種停歇會生出力量，它是一種介入，進入事件，進入看不見的事件中，進入看不見的世界歷史，進入現象之流，進入言談之中，它回歸自我與內在，可以用來抵抗狂躁的心靈與耳朵……」

「停歇」代表了一種跟世界的距離，當我們讀小說時，我們停歇了世界，進入一趟由文字帶領的冒險。我相信閱讀《在漆黑的夜晚，我離開了我安靜的房子》，就是一趟找回感受能力的靈修過程。

第一章

在這則故事所上演的時代，塔克桑幾乎是被遺忘的。鄰近城市薩爾斯堡的大多數居民，大概都說不出這個地方在哪裡。對許多人而言，這個名字聽來陌生。塔克桑？伯明罕？諾丁罕？事實上，戰後第一個足球俱樂部的名字就叫做「塔克桑森林」，直到從圈內最底層鹹魚翻身之後才更名，甚至更名為「ＦＣ薩爾斯堡」（這段時間或許又改回了原來的名字）。儘管市中心的人們早已習慣開往塔克桑的公車從身邊駛過——與其他公車相較，這條路線不太擠也不太空——卻幾乎不見一名城市人坐在裡面過。

與鄰近薩爾斯堡的那些古老村莊不一樣，塔克桑是戰後新建的，而且從來不是觀光勝地。那裡沒有吸引人的旅館與景點，就連令人卻步之處也沒有。儘管草地後面緊鄰著克萊斯罕城堡、賭場與國家禮賓處，塔克桑卻不是行政區、不是城郊、不是農田，與附近所有的地方相反，塔克桑總被略過不訪，無論是來自近處與遠方都無人參訪。

沒人會前來，即便只是匆匆經過，也不會有人看它一眼，更別說待上一晚。因為在塔克桑一間旅館都沒有，而這又是薩爾斯堡周邊城鎮的一項特點了。所謂的「客房」，其實只是壁龕、小房間，如果其他地方都找不到空房，眼前這裡將是最後的避難所。**塔克桑**，這個地名亮晶晶地掛在公車上，行駛直到夜深，如鬼影穿梭在已然更漆黑、更寂靜的市中心，這麼多年來，從未有哪個人受到吸引而下車來到此地。就算有個見多識廣、心胸開闊的人，甚至是放眼世界滿懷胸襟之人，你向他打聽塔克桑，他會說：「不曉得。」或者就聳聳肩。

會去那裡超過一次的客人，或許就屬我跟我的朋友安德烈．魯蛇了，他是中古德語老師，還自稱是房屋門檻學家。當時我初來乍到塔克桑，在一條名叫「克萊斯罕大道」（一點也感受不到城堡與大道）的中心街道走進一間棚屋酒吧，裡面一個男人花了好幾個鐘頭發牢騷，說自己迫不及待地想幹掉誰：「就是得幹掉他！」一個冬夜，一間幾近空蕩蕩的薩爾斯堡機場餐廳（在那段時間，它幾乎比入境大廳還要大），安德烈．魯蛇在那裡，他湊到我的耳邊說：「看，塔克桑的藥劑師就坐在那裡！」

這段時間，吾友魯蛇不知道去了哪些地方。而我則是離開薩爾斯堡很久了。那時我們偶爾還會約出來聚聚的塔克桑藥劑師，在這則故事所上演的時代，也幾乎無人聞問——無論那是不是他的個性使然。

塔克桑那麼難以接近，是因為地理位置，不過也要歸咎於當地形成的街廓。

就像今天大家愈來愈常碰上的隨便哪個地方，打從一開始都有如下特點——與鄰近地帶明確隔開，或從附近的城鎮透過所有可能的交通路線，都難以抵達；步行或騎腳踏車想要到達，都是不可能的。與現在那些小村鎮截然相反的是，這些日子以來，塔克桑被愈來愈四通八達的交通網橫切，乃至限縮了腹地，被強行推進一個詭異之境，並且在凡此種種的障礙中生成。雖然它位於雄偉江河的流域，並且是進入一座大城市之前的重要據點，也因此有著營區或兵營式的住宅區，事實上，塔克桑的周邊鄰近德國邊界，甚至有三個軍營，其中一個隸屬塔克桑的轄區。開往慕尼黑的遠程火車路線，是塔克桑其中一個邊界，它的存在比這座村子還要久遠。而高速公路也早在二戰之前就蓋好，稱為帝國高速公路（幾十年後，狹窄隧道入口鑲嵌的竣工日，旁邊刻著納粹萬字符的黨徽鷹爪）。同樣的，奧地利第一共和國期間建成的機場也形成屏障，使得後來在塔克桑形成的區域難以抵達。

塔克桑就建立在這個三角交通樞紐之中，唯有透過幾條艱困、繞遠路的彎路以及隧道才能抵達。如此一來，塔克桑可以說是一看便知，是個被重重包圍的境外領土。

被誰包圍？屬於哪裡？大概可以說，塔克桑確實比薩爾斯堡附近其他什麼地方都還要引人注目，一個戰爭難民、流離失所者與東歐德裔移民的僑居地。無論如何，這位藥劑師就是這樣的一個人，歸屬於某個來自東邊、經營藥品工廠的家庭，先是經歷過哈布斯堡的君主政體，接著是捷克斯洛伐克共和國，然後被德國占領。在此，我並不想知道有關他更詳細的故事，對此他說：「就這樣吧！讓一切隨風而去！」

這些新來的人，戰後來到這聯繫長途火車軌道、高速公路與飛機場的三角地帶，餘下的空間則是農田，上面掛著農莊招牌「塔克桑」。一直以來，他們不只是落地生根，同時也給自己添加了保護與屏障。

克服外在屏障之後，你會遇上第二道障礙，這些障礙並不是預先規畫好的，而是之後才蓋起的建築。無論是在鐵路路堤或是飛機跑道的柵欄後方，塔克桑的內部似乎又再度被包圍了，如果不是用鐵絲網隔絕，就是被高聳的樹籬隔開，在上方，幾乎只能看見戰後石砌天主教堂的方尖塔（新教教堂則不在視線之內）。

這兩道屏障，一道由外部強加，另一道則由內部增補；想要晃遊其間，無非只有足球場、能散步的草地或是蔓生的田野。每年都有幾天讓客座的馬戲團在空曠處演出，他們離開之後，地面留下一道蒼白的圓環，因而整體看來彷彿一座平地碉堡。

早在半世紀前，塔克桑就是許多新移民的新據點，今天我們稱呼這些區域為「新城」，即便規模非常小。並不容易進入，要走路或搭車出來，則又更難了。幾乎所有標明通往那裡的道路，後來就會轉彎，最後在成群的房屋與小花園之間又導回原處。或者這幾條路就結束在一排密林之前，空曠的田野與通往其他地方的景象在密林之中發出微光。這些新住民的街道甚至會以麥哲倫或者保時捷來命名。

像塔克桑那樣被密林包圍的大部分街道（毋寧說是聯外道路），由於鄰近機場，都以開拓先鋒的飛行員來命名，像是「齊柏林伯爵」、「奧托・馮・李林塔爾」或「馬歇爾・雷巴」，大概也沒有事先徵詢過戰後外來移民的意見，就強加行使——他們自己也許偏好「哥舍爾」[1]或「錫本比根街」[2]，但誰知道呢？有一回，我的朋友安德烈・魯蛇跟我說，唯一適合用來為這些街道命名的飛行員，就屬「諾葛塞與柯利」，這兩個人第一次試飛，從歐洲到美洲橫越大西洋，離開歐陸不久便失蹤了。

還有第三件事情，可以說是讓塔克桑一開始就超越了當時其他地方——今天我們愈來愈習以為常，居住與工作不在同一個地方。在這樣的三角地帶與密林包圍的僑居地中，有工作的人從五十年前起就依循這樣的規則，房子或公寓要在別處——可以鄰近塔克桑，但無論如何不要在同一個地方。就連商人或餐館老闆也只是白天來，只為了做生意。甚至是我頗熟悉的一個神父，他被指派來服務新住民，只專程來帶領彌撒，平時則住在城裡漫無目的地遊走（這些日子以來，他應該早就放棄這項職務了）。

1 哥舍爾（Gottscheer），斯洛維尼亞前德語區。

2 錫本比根（Siebenbürgen），羅馬尼亞前德語區。

藥劑師的住家也是一樣，位於塔克桑外圍的其中一戶農舍，靠近邊界的薩拉赫河[3]，在這條河尚未流入薩爾察赫河[4]之處。房子位於那裡一幢質樸的三角屋中，也可以說是一處「尖角」。

他喜歡賴在自己工作的地方。他的生活就是一串三角形的移動，介於河堤房屋、藥局與機場三者之間。當時我們在機場初次相遇——這裡曾經在另一段時期上演著他的故事——他固定在那裡吃晚餐，有時跟妻子，有時跟情人。

那間藥局是年紀大他很多的哥哥開的，曾經是戰後塔克桑新移民與難民移居區的第一家中小企業，實際上是第一家公開且便民的機構，創立時間早於學校與兩座教堂，甚至早於任何一個店家。沒有一家麵包店比那藥局早開張（以前的麵包最早是要去農舍採買的）。有一段不算短的時間，這家藥局還是戰後新移民唯一的「民眾服務中心」。我認識的一個人如此形容，人們起初會嘲笑那間人跡罕至地帶的藥房，不過那裡漸漸成為臨時的社區活動中心。

即使過了幾十年，你還是可以感受得到——雖然如今農業景致已然消失，塔克桑藥局在鄰里的地位依舊屹立不搖，它隱身在教堂尖塔與超市之間，使人難以一眼看見，然而在大家的心目中，它仍然是這個地區的中心。

這樣的印象不是源自建築本身。這幢建築看起來像一間小小的書報雜貨攤，很適合賣菸草與報紙。裡面的擺設既不像許多歷史

3 薩拉赫河（Saalach），源自阿爾卑斯山，流經奧地利和德國的中歐河流。

4 薩爾察赫河（Salzach），德國與奧地利的界河。

悠久的藥局陰暗、精心布置、充滿巧思、如博物館般富麗堂皇琳瑯滿目，卻也不明亮鮮豔——我到底置身何處呢？在一間日光室？還是一家香水店？或是一張沙灘日光浴椅？——有些新來的，或是更年輕的員工會這樣問。嚇人的是，裡面沒有色彩也毫無修飾，無論藥品或者牙膏，沒有一樣東西突出醒目，所有的一切退後到非常厚實笨重的屏障與陳列櫃深處，彷彿不是商品，不是任何可被購買之物，而是被禁止的兵器庫中那未獲授權的東西，前面有兩三個白衣警衛看守著。藥局門口甚至沒有特別的門檻，就像安德烈．魯蛇說的，幾乎全世界的藥局都有門檻。這裡讓人感受不到高度，也感受不到阻礙，它是圖畫、裝飾與圖案，比家中的玄關還要講究，凹面甚至比教堂門口還要深。你會發現自己沒有跨越任何檻，就這樣進入了這座藥品倉庫。

塔克桑的藥局名叫「老鷹之家」，是創始人的哥哥取的，他早已西遷，到巴伐利亞的穆瑙市，在那裡與兒女子孫於新開業的「紅豬藥局」安身立命。根據後來接手的人說，那家藥局看起來有點像書報雜貨攤，又有點像小家電行，因此取名「兔子之家」、「刺蝟之家」其實更好，或者也可以按照接手人的意願，譬如以祖先的鄉土來命名——「塔特拉藥局」。

不，這個平凡無奇的地方之所以顯得突兀，在塔克桑獨樹一幟，是因為位處村莊中央，村莊現在幾乎建造成了一座城鎮——它位處一片大草地的中央，那裡對於一幢茅屋而言是過大了。草地上稀疏地生長著低矮、年代久遠的樹木，以及那種彷彿昔日草原所遺留下來的灌木叢。「有時在早晨，我出門上班的路上，會看見炊煙從茅屋升起。」藥劑師以不那麼純粹的奧地利式語氣說著。

他也喜歡在街上來來回回，從河邊的房子到他越過森林邊緣的藥店，晚上再從這家藥店沿著田地的圍籬一直走，往飛機場的方向去，諸如此類（直到有一天他受不了這樣的諸如此類）。他不是步行就是駕著他其中一輛大車去上班——總是最新的車款——但他也曾經直挺挺地騎著腳踏車，黑色、沉重的「飛翔荷蘭人」品牌。有幾回，我在田間小路遇見騎機車的他，渾身被濺上汙泥，同時又若有所思，彷彿剛剛在野地打獵過（有一次，他在我的夢中出現，搭乘一架私人的齊柏林飛船，降落在藥局門口，攀著繩索而下，落在草原的綠地之中）。

當然，塔克桑的人們在還沒就醫前，或許也希望能先省下一些力氣，而先來到他這裡。不太為人所知的是，病患通常也會在事後尋求他的建議或幫助。「醫生愈來愈以專家自居了。有時，我自認能看到醫生如今沒看到的願景。此外，病患也不用擔心轉診或是侵入式的處置。有時我真的幫得了他們。」

這樣的事情是可能的，而且確實發生過——他不給病患開藥，不用其他藥劑取代，也不給所有可能的處方。「我的工作在於迫切地淘汰與分類。讓身體而非牆上的櫃子多出一塊淨土。製造淨土，製造清流。當然，各位先生，若您堅持要得到一切，我這裡什麼都有。」到了夜裡，書報雜貨攤被裝上柵欄，門被閂上，設置路障，彷彿一處地堡掩體。（「你得先炸開才進得去。」）

事實上在這個地方，他能幫上忙的人還真的不少——「也是因為他們想要接受幫助」。不過他的名聲並沒有遠播至外地——上帝保佑！——因此我們可以清楚發現，塔克桑的藥劑師完全談不上是一名神奇治療師。

當地居民走出他的藥局，往往也忘了向他簡短道謝。不同於塔克桑的執業醫師、商人與足球隊員，在街上與幾間館子裡，他並不是個公眾人物。沒有人談論他，向人推薦他，讚揚他，或者拿這位藥劑師來開玩笑，像一齣奇特的舊時喜劇。誰要是在街上——他專業範圍之外的地方——遇見他，不是不小心假裝沒看見，就是沒有認出他來；幾分鐘前，兩人還在藥房櫃檯前感激地握手。

並不只是因為藥劑師在戶外大概從來不穿白色罩衫，他穿西裝戴帽子，口袋露出手帕，他的眼神還會在行人之間穿遊，這樣的事在塔克桑實屬罕見；他以孩子的視角仰望樹冠，麥穗與煙塵中的雨滴，正因為這樣如孩子的信仰，大家也就看不見他了。而且大家也都說他晚上一旦打道回府時，在外面的人群中，鮮少認出他的顧客或病患，最多認出對方是男是女。醫生離開診所時依然是「醫生」；而塔克桑的藥劑師一旦關上店門，就不再是個藥劑師。

他是誰，又曾經是怎樣的人呢？我見過孩子們跑向他。平常孩子們奔向陌生的大人時，他們通常會跑得快些，但這群孩子跑向他的時候慢了下來，他們望著他，離開他，然後又望著他。

這個故事上演的時候，時序是夏季。機場周圍的草地，以及後面整片住宅區的草坪，都被除過了一次草，現在草又長高了，容易與遠方的穀物混淆，那是這附近幾乎再也長不出來的；不同於春天新生的草地，這裡一朵花也沒有，這裡的綠色，時而因為風吹而顯現出灰色條紋，或是以另一種方式展現。

那也是一年當中幾乎沒有水果收成的階段，櫻桃不是已經被採收完，就是被烏鴉等鳥禽劫掠一空。此時還不到蘋果成熟的時刻，只有幾顆尚未熟成的白色蘋果，這樣的樹，自然相當少見。

許多節慶活動正在東邊的城市上演，就算到了最遠的阿爾卑斯山谷，在溝壑、通道邊界的彼端，還有著些什麼迴蕩著。塔克桑則在不遠之處遺世獨立，草地上與樹籬旁的廣告柱，終年僅貼上半幅的廣告，它那朝向跑道與塔臺的圓弧表面，始終一片空白。

當地的預言家——在這樣的地方你幾乎總是能找到這樣的預言家——曾於年初預言，塔克桑南部將於夏季發生一場地震。地震真的發生了，在開普敦附近。預言家指出，夏季結束前，會有一場為期三天的戰事在塔克桑西部爆發，而戰爭的後果永無止境！

他一如往常，在烏鴉剛開始叫的清晨早起。妻子還在屋裡另一個房間睡覺。他們住在一起，但已經分開超過十年了，兩人各自生活在自己的區域；打擾對方的時候一定敲門；就算在共同的空間，不管是門口、地下室或花園，都有著可見與不可見的牆隔開彼此，而像廚房這樣難以分界的地方，他們就會在不同的時間棲居；當他們正式攤牌，決定分道揚鑣，就也談好了日常生活基本上分開來過，就算妻子跟他同時起床，而現在她也許只能躺在床上？而當他待在花園時，她就被迫待在屋裡？他回到屋裡，她就得到花園去？只因為他每年夏天向來在家中宅院度過，於是妻子明天就得一個人度假去？

藥劑師說：「不，我們之間沒有問題。我們的生活相安無事。那是自然形成的狀態，我們甚至一點也沒有察覺，此前我們不曾有過這樣的和諧，這樣的生活，讓我們一時半刻暫時共享生活。」

「對，暫時。」他的妻子說：「在門扉之間，在窗戶與花園的椅子之間，在樹冠與地下室的天窗之間。」

「譬如說？」我問。

她與他各自回答：「每次我們一起聽隔壁鄰居說話，或是聽人們在上面河堤走路的時候，總是一片沉默——尤其是當某處傳來小孩的哭聲，還有救護車鳴響的時候。每當夜裡，每個人從自己的房間望向山的另一邊，看見緊急訊號在其中閃爍時。去年春天洪水來襲，有隻淹死的乳牛就這麼漂到了下游。那時下了第一場雪。是嗎？唉，我不知道。」

太陽升起。在溫暖而乾燥的夜晚過後，花園裡沒有一滴露水。蘋果樹閃耀著光芒——枝椏滲出的汁液結成球莖，被初升的日光照射著，成為微小的燈泡。燕子在昏暗的高空中，彷彿仍是黎明。這時飛來一隻鳥，牠展開雙翅、向下俯衝，太陽在天際照耀著鳥的羽翼——彷彿是鳥與晨光的一場嬉戲。

一顆肥碩的蘋果掛在與他的額頭齊高之處，他用頭輕輕碰它，像是在打球，不過更溫柔些。他接著沿著河堤往上游走去，讓自己沉浸在晨間的山中水氣。路上沒有人，到了夏季就是如此。薩拉赫河的石頭河床廣闊，占據了更多河岸與水流的空間，向遠方綿延而去，明亮而空曠，拾級而上，朝向遠方的天際線，河水源頭就在布滿石灰岩的山麓間。

藥劑師想著他身邊死去的人。這時他想起了他的兒子。只是他的兒子根本沒死，不是嗎？沒死，他把他逐出家門了。這話會不會說得太重？他就這麼放棄了他，眼不見為淨，將他擱在一旁，然後忘掉他。難道不是這樣？「不，我把他趕出去了，我把我的孩子趕出去了。」他說。

他在冰冷刺骨的河裡游泳，先是面對強烈的風浪，接著讓自己隨波逐流，漂向河流的邊界，也就是德國邊境。河堤的樹叢快速從眼前漂過，速度飛快，像馬兒疾馳。他把頭埋進水中深處，沿著河床穿游，小鵝卵石在他的耳廓徘徊，好一陣子，他聽見石頭彼此撞擊、摩擦、哐噹作響。他感到自己彷彿可以就這樣一直待在水中，不必呼吸，彷彿現在起，這就是他的人生。

當河床轉為陡峭之際，藥劑師不得不轉往河岸的方向。早班飛機降落，低空飛過樹頂，他發現機艙的一扇窗後面有張孩子的臉。他的眼睛就是如此銳利，不僅僅是在冰冷的河水游泳過後才這樣。他的哥哥給塔克桑藥局取的名字，也許是名副其實的。

回到家後，他淋浴，把身上沾滿石灰的河水沖掉，然後喝著游泳時在家中烹煮的咖啡，他在住家附近能取得的最好咖啡，向來都是牙買加藍山。他妻子所在的區域沒有一點聲音，儘管她的行李就擺在樓下的玄關，上面有一張機票，但他並沒有看上面印著什麼字。「每次她出發前，我的腦中就會突然浮現草莓田的畫面。她曾經跟我說起小時候，每到夏天，她就會去採草莓。」他說。

從前他時常去旅行，幾乎要環遊世界了。後來他就不再亂跑，哪裡也不去。在這個地方，他每天早晨都感覺自己重新出發，或是老早已經在路上，今天的旅程又來到下一站。「我想待在這裡，愈久愈好。」

在堤壩之上，透過花園的灌木叢，只能看到色彩鮮豔的服裝，那是第一對慢跑的人（其實在塔克桑根本沒有人會在草地邊上跑步，即使趕公車也不會跑），他們在窄仄的小徑一前一後地奔跑，兩人大聲聊天，彷彿以為不大聲一點，對方會聽不見。

鄰近的一戶人家傳來孩子的叫聲，接著是悲痛的哭泣聲，另一邊的房子也傳出了一樣的聲音。他聆聽著，並且確定他的妻子在門後，想必也聆聽著。他們一起聆聽，就算那兩方啜泣漸漸平息，轉為交談與打電話，由於剛剛的那場嚎啕大哭，使得現在的聲音聽來更加清晰，並且傳得更遠了。他們也聽見了德國那岸傳來火車經過的聲音。「往巴特·萊辛哈爾[5]。」——「對。」

藥劑師在這天早晨騎著妻子的腳踏車，因為接下來幾週妻子都用不著。他沿著河岸騎去，接著轉彎，經過田野，朝著西村的農舍前進。在那邊墓園的一塊碑石上面，有一道基督被釘在十字架的刻痕，卻沒有十字架，我們只能從祂的姿勢看出來——頂著彷若積水的大腦袋，身軀小若侏儒，短短的手臂攤開著；那刻痕已然模糊難

5 巴特·萊辛哈爾（Bad Reichenhall），德國南部與奧地利接壤的一個小城，位於薩拉赫河河畔。

辨，停駐在朝向東面的岩塊上，此刻在晨光之下，顯得更深、更明顯了。

藥劑師於是順勢往日出的東邊騎，如此一來，他可以避開陰影在前方，他每每看見陰影就覺得不舒服。草地、河流與碑石上的刻痕，都散發著前幾週的乾燥氣息（聽說薩爾斯堡常下雨，往往不是真的）。當他來到西村軍營，一輛城市巴士駛經迷彩營房，為了節慶活動，巴士的車體被妝點上色，彷彿迷彩門面的一部分。飛機的陰影從地面上掠過，彷彿眨眼一般。

他轉進住宅區的樹籬，這一區，他偷偷稱之為「失落之島」，此時此地，難得有人跟他打招呼，而且從林登堡林蔭道到莉莉恩塔街，一連好幾次，這種招呼往往伴隨著一陣尷尬。後來藥劑師才意識到，原來當地人都認得那輛沉甸甸的戰前腳踏車，一看就想起他妻子，也就是「藥劑師小姐」平時騎車的模樣（她也曾是藥劑師，一如老一輩或年輕一輩的家庭，幾乎人人都是藥劑師，他的兒子則是例外）。

他的兩名員工仍像個孩子，女的比較老，男的比較年輕，他們是母子，這在藥房業是種家庭傳統。他們在村莊中央的一片綠地上等待，跟平常一樣過度準時，蹲在倉庫入口處，頭上，雲朵高掛在晴空。他們是多年前從南邊過來的內戰難民，並且帶來了咒罵敵人的話：「小心你唯一的旅館變藥房！」

藥劑師還有個女兒，畢業後開始跟他一起工作。但她夏天離開了「失落的島」，跟男友一起在旁邊的社區工作；男友既是藥劑師，也是物理學者。家族的人都覺得新奇！

在她啟程時，他就感覺到她的不情願，奇特的是，她居然開始擔心他。一直以來，她的缺席，或是他身邊的人的缺席，對他而言始終是一種保護，這促使他自己完成所有的事，或是用某種方式生活，好讓別人放心離開一陣子，安靜無憂，充分享受在路上、在天堂之島，當然還有幸福的感受（為什麼不？）。

「一名藥劑師是沒有朋友的，至少對我來說難以想像。」他這麼說。周遭的人缺席，每每帶給他生存的震蕩。「如果我能養成一種習慣或生活法則，那麼就是讓沒有陪在身邊最廣義的親人，就這麼在遠方不受打擾地好好待著！」他說。

「那麼，要是沒有親人缺席呢？」

「有個人總是會缺席。」

一如為數不少的藥局人員，塔克桑的這兩位，跟一般的銷售員還是不太一樣。隨著時間的累積，他們在顧客眼中不再只是銷售員。而所謂顧客，更多則是尋求建議的人罷了。也因此，這位難民母親與她的兒子，也就慢慢地不再是從屬階層，而成為了權威，並以這樣的姿態行事。這樣的工作跟一般的貨品銷售相較，帶給他們的滿足感不可同日而語。

因而藥劑師早在這個夏天之前，就盡量讓他們獨立作業。會這麼做，當然也是現在的困難比以前少得多，慮病、擔憂、沮喪的人都變少了——似乎不只是他，大家都因為家人在夏天的缺席而受惠。它是一帖非常特別的藥方，鼓舞大家，給予力量。

於是藥劑師就多了半天的時間，可以隱退到他的藥房後面。「我沒辦法整天與人為伍。」他告訴我。「而且誰說我應該這樣呢？」在藥房準備藥品如今顯得多餘。但他還是很喜歡跟一些基礎元素相處，用學了十年以上的技巧，將藥品改變為另一種形態，或是從旁觀察藥物混和的過程、可能發生的反應。這種物理與化學的製造過程，從緩解頭痛的藥丸、心臟糖漿，到風溼藥膏，都所費不貲、耗時費力，而且一時之間根本用不上，因為前面櫃檯幾乎都有同樣的東西，氣味與味道並無二致，還有出廠品質保證。

即便如此，他還是戒不掉親手操作的習慣。他想像的自己，是過去在那段艱困時光工作的人，那段時光距離現在一點也不遠，影響他的程度不多，不像他的顧客、當地人或親密的朋友們，似乎受創頗深（其實只有他是從外地來的，除了偶爾的夜班人員之外，沒有人從外地來）。他雙手移動的方式，一點也不像我們腦海浮現的「藥劑師」那般，在一方空間謹小慎微地挑著藥丸，而是來回穿梭，微微跑步、退後，上下揮舞。

有一回，遇到襲擊未遂，那是藥局開張以來第一次發生，闖入者在藥房後面的房間與藥劑師直面，他馬上扔掉刀子逃開了。「不過，他也發現我並不害怕，那樣的時刻，誰也不能害怕。」

「那你怎麼做呢？」

「就是不能害怕。」

這位藥劑師甚至學有專攻。在物質元素的浩瀚領域中，他可以說是蕈菇類的行家。

許多藥局（至少在歐洲），初夏時節都會擺上櫥窗布告，列出可食用的蕈菇；針對有毒的菇類，有時甚至會擺上立體模型，精心安置在苔蘚之上。然而，要是有不熟稔這些的人剛好從森林回來，帶著剛採的蕈菇進門詢問，大部分的藥劑師只會默默搖著頭，頂多帶著距離輕觸——不，請不要讓沙子撒落櫃檯的玻璃上——接著發表幾近不利的預言——它有毒，或者至少有此嫌疑。

塔克桑的藥劑師卻不是這樣，他只要看一眼或者稍微碰觸，或是最後聞一聞、咬一下，就知道被人帶過來的東西是什麼（有些幾乎無法辨別的種類，他就從蕈菇裡面或外面形形色色的蟲、蝸牛、耳夾蟲或蜘蛛來辨識）。尤其是他對每個送到他面前的蕈菇感到讚嘆，就算只有少許菌褶黏在小孩手中，然後又不小心被擦在嘴上，也許就此後果不堪設想；就算問題蕈菇發臭了，氣味像三星期的屍骸，往四面八方散去，也不減他的熱情。

「我時常想，會不會是我對蕈菇的熱情，拆散了我與妻子？」他說。「尤其在秋天，每天晚上回家，我的大衣跟西裝口袋全是蕈菇，接著冰箱、飯廳連地下室都沾上了——那是保存蕈菇香氣最好的地方。她每天都得跟我一起吃蕈菇——我們食用過的種類遠超過人們想像，源源不絕、直到深冬。當然，一段時間過後，我就不再帶蕈菇進屋了，有時我會瞞著她，把蕈菇藏在花園裡——我怎麼能把這些渾然天成的美妙禮物就這樣丟掉呢？蕈菇在灌木叢與樹洞中閃亮、散發獨有氣味，最糟的時候彷彿狗的腐屍味，如鮮嫩的白鬼筆[6]，初生的大小如鴿子蛋，它的美味還沒有人提過！可以

6 白鬼筆（Stinkmorchel），一種廣泛分布於北美洲、歐洲和中國的真菌。

切片，加點鹽與橄欖油，生吃即可。」

因此，藥劑師在他的實驗室——毋寧說是廚房——所進行的第二件事，就是蕈菇研究，而他就是那位自信滿滿的主廚，有時也化身吞吐、駑鈍的學徒；對，他甚至準備寫一本特別的蕈菇指南，打算強調某些普遍受到輕視的蕈菇種類的價值，以及特定蕈菇如何影響吃下它的人——他放在心上的，並不是那些能夠開發他意識深度，使他心生陶醉的物種，而是能拓展他夢境深度的「夢想蕈菇」。

他的故事開始的最初，塔克桑一帶與其他地方鬧著嚴重乾旱。方圓之外，蕈菇不生。這位藥劑師工作時很重視採樣，尤其注重描述蕈菇的氣味。在這特別的早上，他沒能繼續他的蕈菇奇想；他能做的只有從筆記本劃掉原本打算省略的觀察紀錄。

從他靠窗的長桌望出去，他看見後面的草坪已然發黃，老是有隻烏鴉闖進來——只有烏鴉會出其不意地來到某個空曠之地，牠的頭烏黑閃亮，彷彿沒有眼睛，牠是等著找人決鬥的騎士，頭盔已經拉上。小鳥總是從那株樹叢飛出來，展開鳥兒的飛行障礙賽，飛至村莊遠處那排高高的樹，與天際連成一線。這些畫面清晰地映入藥劑師的眼簾。僅有一片樹葉擺動，卻延續了一整個上午，它顫動、閃爍，為了整棵樹、整座森林而長時間存在。

這段時間，他會出現在前廳幫忙，儘管有時只需要備一杯水。

午休時間，藥劑師習慣到森林邊上買一份點心，那裡介於塔克桑與薩爾斯堡機場之間。是習慣嗎？不如說那是種儀式，或者說給自己的規定。他嚴格遵守，儘管有時還是得強迫自己動身。

要是有個陌生人穿過這座森林，無論如何都會感受到林間的陰暗。這裡也不是當地居民會常來的地方，他們頂多開車沿著外面的弧形道路駛過，那種彎曲之於這片平原是罕見的——這樣的園籬對我們國家的森林來說，顯得很不尋常，它連結了許多條終止在灌木叢的岔路，地上有深深的輪胎印痕，滿布垃圾，彷彿這一切不只是因為工程用車，每天還有數百架小飛機從上空飛過所造成。就連樹木，直到樹冠，都有紙張與塑膠落在其上。

不過，藥劑師還知道，這座森林裡面還有第二座森林。這片小林子被一道溝渠與黑莓樹所圍繞，兩者之間自然有個破口，讓他能越過一塊木板，甚至不用彎腰就可以進入。這裡的光線非常明亮，不再幽暗，彷彿投射在林中空地上的光芒；這裡萬物生長，陽光襯著植物的陰影，每棵樹、每株灌木都錯落有致，一如稀疏的影子各自獨立。每個種類基本上就一個樣本，一叢覆盆子灌木叢、一棵樺樹、一棵松樹……諸如此類，植物以隨意無序的姿態毗鄰成圈，使得我們並不像置身於樹木與植物的苗圃當中。這裡還長著對當地而言非常稀有的植物，幾乎不可能生長在這裡的，譬如甘栗、塞爾維亞雲杉（從冰河時期倖存至今的物種，乾瘦的樹幹高聳入天），桑葚灌木叢與埃及無花果樹等。

他背著老舊的破公事包，在一株山毛櫸旁坐下——這棵樹也算是珍稀——樹蔭廣闊，藥劑師一時感到自己並不孤單。幾片樹蔭的距離之外，一群森林裡的樵夫正躺在他們的工具、鋸子與梯子旁午休。他們把挖出來的木材高高堆起，成為營火，點燃之後，火光明亮，一點煙也沒有，又是一幅難得的景象。藥劑師跟他們一樣，把午餐裝進公事包帶過來吃，先是麵包，然後是甜點（塔克桑超市的）蘋果。大家吃的東西都很像。

「藥劑師？」不管他願不願意，他工作的地方瀰漫著藥味，氣味附著在他身上，出門一段時間，他的車子裡都是那種味道，因此有時他會避免開車，一路上，那些味道早已消散。他的衣著非常低調，剪裁與顏色都與森林裡的樵夫並無二致。況且，他還像他們一樣打著赤腳，在過來的路上，他已經脫掉鞋子——對他來說，中午意味著白天的時間，而他在白天很常覺得非常虛弱，並不是因為覺得餓。雙腳觸地則可以幫他恢復元氣，尤其是在森林裡，只要走幾步，就會發現栗子花落在地面，軟化了路上的泥土，接著轉進滿是堅韌根莖之地，最後，這條路結束在眼前這片名副其實的田野中，上面全是尖尖的山毛櫸果實，走在上面彷彿接受了從腳尖到頭皮的一場按摩。

中午他們安安靜靜地吃麵包，全然靜默好長一段時間。如果他們往同一個方向看去，不過是各自的習慣剛好相同罷了。從山毛櫸那裡過來的那人，他喝著來自開墾區的祕密水源，在無花果樹下，所有人都看得見他，於是他後退到原來的地方。這時，樵夫們又開始鋸木、切割。一如每個夏天他必要做的，他手中閱讀的，是中世紀的騎士與魔法史詩故事。

「這些故事不就是為了冬天而寫的嗎？裡面提到初開的花朵、湖中的游泳，而城堡則是遺世獨立、被冰雪包覆？

「不過，我發現故事裡的夏日景致，也與眼前的夏日世界互相輝映，它如此清晰地映入我眼簾，有些事物化成了真實，不只是魔法與童話的戲法而已。」

「譬如說？」

「看看上面與下面，花好幾個小時在灌木叢裡開路，突然間，一道門在你面前自動開啟，你進入了一個有空調的大廳，這時，有人拿走了你的公事包，帶領你進入下一場冒險。」

「一場所謂的冒險？」

「不，一場真實的冒險。剛過中午，我在保育林地那邊，也就是在那片林中之林開始閱讀，有時瞇眼小憩，許多陰間魂靈圍繞著，灰濛濛一片，他們急著行動，準備向人展示自己的本來面目，他們坐在自己的馬鞍上，行走之地不再是清透的溫特斯貝格山，而是底下這片夏日平原。」

他每個月都得與同事進城開會。同事都叫他「塔克桑來的藥劑師」，不知道他的名字。

對他來說，這樣例行公事的會議跟在森林裡與樵夫相處，兩者其實並無二致。樵夫在樹蔭的光影下移動，彷彿在騎馬，他跳上馬鞍，往他們的方向去。奇怪的是，一路上他所遇見的人，都是始終游移在外的邊緣人，甚或是被拋棄排斥的人。也許由於他是難民，或說是難民後裔，所以自認是群體之外的人（如果他也早已無悔）？由於工作因素，他經常與外地聯繫，這些地方既不是村莊，也不是城市，所以也沒有所謂議會與主管的政府機關？

沒有解釋，沒有理由——隨之不清不楚吧。無論如何，在會議桌上，他雙手殘留濃重的山毛櫸果實味道，好長一陣子，不禁使人聯想起紙牌的味道。

樵夫們的頭頂上白雲飄動，單引擎飛機嗡嗡飛過。塔克桑來的藥劑師感到一陣飢餓感襲來，他一度非常想吃水果，身體的感受非常明確——但附近很難找到，只有乾掉的野櫻桃，黑醋栗也一樣乾燥，這些水果來自單獨的灌木叢，那是從花園逃離出來的——接著，那飢餓變得無以名之，是巨大的餓、是驅力，還是一種不可抗拒的衝動？

甚至是返程路上遇到死掉的黑鼴鼠，那側看尖尖的臉，也讓他又一次想起騎士的盔甲。

那是一年當中的過渡時期，大自然的領地空空如也，沒有水果，沒有蕈菇，更別說其他東西了。通常他會把「尋找」這件事情謹記在心。只是這次，他告訴自己，何不自由些，做點別的事情？「沒東西可找，也是好事？」

藥劑師在薩爾斯堡市中心四處漫遊，一個廣場接著一個廣場，彷彿戴了隱形帽。在那幾年裡，我只親眼見過他兩次。他跟我說，他在城裡並不與人親近，儘管我的目光刻意迴避，卻還是跟他在城裡遇上了。

有一次，我在門赫斯貝格山[7]一條人煙稀少的小徑，迎面遇上當時的西班牙總理，他身穿便服，旁邊有一名男子陪他——肩膀寬闊、穿著深色衣服、戴著墨鏡——一看便知是保鏢。直到我們彼此錯身，我才認出他是塔克桑的藥劑師。

另一次，我在國家大橋瞥見「奧地利宮廷酒店」[8]陽臺上，有位當時很有名的美國電影女星（後來淹死在太平洋），她在陽臺近

7 門赫斯貝格山（Mönchsberg），奧地利中部的山峰。

8 奧地利宮廷酒店（Österreichischer Hof），今「薩爾斯堡薩赫酒店」（Hotel Sacher Salzburg），建於一八六〇年代，為薩爾斯堡歷史悠久的著名酒店。

乎嬌羞地朝著下面輕輕揮手。難道是對我打招呼？才不是，我環顧四周，看見一位優雅的陌生人——這在我們城市真是稀奇！只是他風塵僕僕、有些邋遢，簡直是李察．威麥[9]再世，他也打招呼回應她——這個人會不會是城郊藥局的藥劑師呢？真的是他。這時他已不見人影，一如飯店陽臺的美人稍縱即逝。

這次跟同行的每月例會，既短暫且充滿夏日情懷。幾家藥房乾脆關起門來休假，大部分的新藥都宣布留待秋天推出。至少對本地人來說，舊有的備用藥品依然充足。儘管現在觀光客多了，必須儲備更多物資，但卻一點也不影響城郊的塔克桑藥劑師。

他們三人一起在薩爾察赫河畔的露臺上逗留，河道吹來的微風搧去了熱氣，衣京的藥劑師，利弗林的藥劑師，還有他。從邊緣地帶衣京過來的，是一名年輕女性。塔克桑藥劑師曾在先前另一場藥劑會議中，未加思索突然脫口而出：「您真的很美！」

後來他跟我說，有關這個女人還有個故事，至少跟他本人的故事一樣，帶有冒險、謎樣的氣息，而且一定更有情慾的色彩——她會成為本書主角的。為什麼是我？為什麼不是她？——我則反問，他是否能夠想像，讓「衣京來的女藥劑師」作為本書女主角？他無論如何會拭目以待的。

那天下午，我看見他的故事正要上演。他在另外兩個人面前陷入沉思，接著又對這位美麗的女藥劑師說：「妳為什麼曬得這麼

---

9 李察·威麥（Richard Widmark, 1914-2008），美國影星，擅演西部片與反派角色，代表作包括《東方快車謀殺案》（*Murder on the Orient Express*, 1974）等。

黑？從前在埃及也只有男人曬成這樣。女人的皮膚不都像雪花石膏或者乳酪那般白？怎麼現在的藥劑師都曬得這麼黑，頂著這樣的皮膚四處走，尤其是女性？」

「您自己不也如此？而且曬得跟農民一樣黑。」

「我這是天然形成的膚色，是在陽光與樹蔭之間活動曬成的，不像你們跑去西南區，擦了乳液躺在日光浴機器裡面，射線還隨著白色罩衫而精密調整。」

「您今天怎麼這麼不耐煩？以前您不是還要蓋一座金字塔給我光彩一番？」

這時候，邊境村莊利弗林的藥劑師說話了，這位長輩此前一直表現得像個啞巴。他說話的聲音越過河水，他的星座理論，不只適用於眾人，也適合這一帶與全國各地。國家的命運與掌管它的星座緊密相依！人類的故事，族群的故事，以及人民自己的故事，由獅子座、天蠍座、雙子座與金牛座所主宰。所以這個歐洲合眾國才如此不可理喻，因為每個歐洲國家都代表一個星座，大家都一樣強大，沒有人可以獨占優勢。甚至在德國，各種不同的星系有時一起、有時各自影響每個邦，於是大家開始害怕這個最大的國家，而且這種害怕來得很快，也沒有原因。相反地，只有一個星系控制北美，所以這塊地方就變成美國了，他們團結一致；而這個星系到底是牡羊、處女還是魔羯？

「胡說八道！」塔克桑藥劑師突然打斷了他的話。此前他有點閃神，在年輕女子與河水之間來回張望。「藥劑師都這樣迷信！才不是因為上面的天空跟宇宙，而是因為地底，下面。我們都是因為底下的緣故而來。各邦與國家都是因為自我意識而來，才不是被操控或限制，而是被鼓舞、激勵並往前推進。」

「底下的哪裡？」年輕的女子問。那位耆老則在一旁繼續高聲胡扯他的「國家星系理論」，完全不聽他人說話。「岩漿嗎？」

此刻，塔克桑來的男人再次遁入自己的世界，他閉上眼睛，甚至看似停止呼吸。女人摸摸他的下巴，想讓他回神，說：「藥劑師都是這麼迷信！」他依然不動聲色，沒有變換表情。

利弗林的藥劑師說：「南斯拉夫的星系實在很糟。每個國家上面都有一個星座，打從一開始彼此就合不來，戰時又與隔壁的星座鬧翻。」

他搭巴士返回塔克桑，然後工作到天黑——七月天黑得很晚——藥局的門早已深鎖，他獨自在後面的房間裡工作。有時候時間似乎定格在畫面之中，譬如此刻他靜靜工作，那舒暢的身影化成了一個弧形。

前臺已經清潔過，此刻萬籟俱寂，儘管太陽已經下山，街上盛開的花朵依舊色彩斑斕。有些東西被推到一旁，如路障、隔板、光學凹透鏡等，映入眼簾的，則是另一個世界地圖，運用另一種比例尺，使得我們無法進入，或者將之放進口袋、占為己有，但也許可以用別種方式對待它——讓它在寂靜之中兀自褪色、發皺。他攤開手，讓空氣在指間流過。

好幾次，他將自己從櫃檯前推開。潮溼的住宅區街道散發著塵土氣味，透過店門口的柵欄與敞開的窗戶傳過來，那是久旱之後的甘霖，傾盆大雨從距離塔克桑幾公里、最外圍的灌木叢那邊毫無防備地襲來，帶有初夏時節馬戲團離開後的氣味。

如果藥劑師在這一帶其實是有名的，譬如像我或是安德烈．魯蛇那樣，那是因為他的嗅覺非常靈敏。就安德烈．魯蛇而言，他善於聆聽，據他說，這樣可以讓他「好好思考」，我則著重於觀看與覺察，而我們那位遠方的友人，則是長於嗅覺——只要把東西放在他的鼻子前，不必刻意嗅聞，他就能輕易從同時出現的百味當中分辨出來（當然，它們各有特性，不能總是完全分別開來）。好比有些人，見過某個景象，便會在視網膜產生視覺暫留，數月之久——他們只需要閉上眼睛——同樣的，藥劑師的鼻子昔日嗅聞過的氣味，會變得更加新鮮濃烈。一如那些人的視覺暫留，形象栩栩如生，藥劑師的嗅覺暫留也是如此。

霎時間有東西跳出來，一隻豹（或僅是一隻迷你猿猴）隨著偷溜的馬戲團往外跳，從近旁的灌木叢跳過來。接著，藥劑師又陷入沉思，他爬回自己實驗室的書桌前，捲起袖子、踮著腳尖搖晃。他開始驚嘆，視角一旦轉變，其中的空間有時也會隨之推移，而事物的本相也更迭變化。

「剛剛是不是有些陰森可怕？」

「我從沒遇過陰森可怕的事。」他如此回答，那段故事發生的年代已然久遠，「直到那段故事發生之前，我都不曾遇過。」

坐在櫃檯前看出去，這個住宅區的所有建築物，不用陽光照耀就顯得明亮，彼此圍成一個封閉的大弧形，與村莊藥局的那排建築相較，看起來截然不同。那排建築是這村莊最古老的第一批建築，對面是顯而易見的軸心地帶，彷彿蔑視那小小的中央式建築[10]，對

10 中央式建築（Zentralbau），或譯「向心型建築」，特色為有一中軸，使主要空間均衡構成，譬如教堂、市政廳等建築，皆屬此類。

它視若無睹。

然後，開車離去的時候，若你轉頭回望，會在這片草原的餘地看見這幢低矮的立方建築，彷彿它是一塊轉身背對市郊、遺世獨立的巨石，不屬於這片土地。此時不再有孩子醒著。天空沒有鳥兒。倒有一片雲，一大片灰白色的捲積雲，雲上緣彎彎曲曲，如同朝聖那般往東方飄去——它們彷彿在朝聖之路；可能往西邊飄，時序也可能是在早上。

晚餐時間，藥劑師總是固定去往餐廳，他總是在往機場的路上。他吃飯的餐館始終不在這些不斷擴建的大型建築裡，那間餐館的位置就在過了公園停車場與蔬菜田的地方。餐館的前身是某個地窖，也可以說是建在地窖裡，低矮窄小的用餐區彷彿自古以來就在地底下了。從杳無人跡的街走下階梯，感覺多美好，你會瞥見舊時的田中路，尤其是現在，天光被遮蔽，你回望階梯看向外面，漆黑一片，什麼也看不見。

藥劑師吃晚餐的習慣跟以前不同了，他早已習慣獨自用餐，而不跟愛人一起。他的妻子只在一開始陪他來過這裡幾次，等待胖胖的蕈菇被切片，色澤由靛青變成橄欖綠。他會收集部分蕈菇，交給廚師處理，最後她只有被逼著吃這些「人間美味」。

在外面，他抬頭，夜幕降臨田野，最後一班飛機降落了——這裡沒有夜班飛機。

另一張平常一直有人坐的桌子，位於對面角落，儘管地窖的門邊敞開，這個空間還是非常安靜。一對伴侶與一個男人正在交談，後來男人還化身穿便服的神父，儘管說話的聲音都很低沉，大家卻還是能夠聽見。這對伴侶唯一的孩子幾年前離家出走，失蹤了。從晚餐對話聽來，卻是他們把孩子趕出去，把他關在門外，一直不讓他進門，最後連他的書包都丟到門外，不，是一個塑膠袋，他們拉下百葉窗，然後去旅行，一切眼不見為淨。現在兩人的關係也完了。妻子說：「我想死。」丈夫說：「我也是。」

神父開始解釋，死亡是一種「死亡之躍」[11]，旋轉過後站立的雙腳，已經不是原來的雙腳。他說話開始語無倫次，結結巴巴，終至靜默；他們三人靜默不語，伴侶開始哭泣。

塔克桑的藥劑師彷彿隱形般坐在那裡，他想叫人來結帳，因而抬起了手臂幾次。他辭別時使用另一種語言。餐廳老闆以為那是西班牙文。西班牙文？他自己也不懂自己說的是什麼。那根本也不是語言。

他騎著妻子高高的腳踏車穿過河谷，往家的方向去，低地已然漆黑一片，轉彎時，一陣濃重的汗味向他襲來，從一群夜裡巡邏的士兵身上散發出來。

沿著河岸堤壩的路上，鄰近的一戶人家依然坐在陽臺上。他推開花園大門，同時跟他們說上兩句（那道門其實根本也沒閂上，他太太出門時總是這樣）。圍籬的另外一邊，你很難會注意到有人影出現。

在其中一片天窗，似乎有光閃爍？不，那是遠方街燈所折射的

11 死亡之躍（Salto mortale），為體操與馬戲團的專有動作，騰空旋轉一圈以上始落地或落水，屬於危險動作。

光。當他走到家門口時，有東西像蜘蛛網附著在他身上，走進前廳時還黏在臉上，彷彿他離開了很久，而不是只有這天缺席。

他打開一下電視，畫面裡有個男人正張大嘴巴，話還沒說出口，電視又被關上了。

屢試不爽，每當整個房子都歸他一人任意使用，不用侷限在自己的居室時，他就會無所適從；他不知道自己應該待在哪裡好。他已經好久不曾在妻子的空間裡久待，上次應該是妻子遠行時。此刻他在那裡來回踱步——燈光昏黃，燈泡壞了一半，他發現自己不自覺地想尋找為他存在的訊息或符號。然而，屋裡卻完全沒有往日他們共同生活的印記，除非他仔細找，才會發現蛛絲馬跡，譬如一小張他們兒子的快照相片，它被嵌入一幅浩瀚的風景圖裡，兒子垂下的頭謎樣地碰在一株樹冠上，顯得模糊難辨。

而且所有大大小小的東西，她都擺得不是很穩，不只浴室裡如此，她的廚房也是。表面看來，她所留下的這些東西都整齊排列，但如果不小心碰倒其中一個，後果就是一場混亂。有些東西不是掛在一條線上，就是擺在高處邊緣，或是一排水晶球定住不動，乍看之下，彷彿奇蹟般停在斜面上，但不能再靠近一步了！或是好比那罐沒有蓋起來的鹽巴，儘管底下有托盤，還是輕輕一推就打翻了，以及那捆鉛筆，因為筆芯太銳利，所以沒怎麼壓就斷了。要是那是他所要尋找的符號怎麼辦？

他回到自己的空間，把枕頭翻過來——什麼也沒有。兩個枕頭有著奇怪的對比，一個發皺、一個平整，熨斗燙過的摺線，彷彿在玻璃櫃裡冰封多年，那張床位在無人卻宜居，等待著某人歸來的城堡裡。

他的女兒從度假小島上打電話給他——她打算待久一點。接著妻子也打來了——她說自己平安抵達，卻沒有說去哪裡。

他跟自己下了一盤西洋棋，而且讓「對方」贏了。敞開的窗戶讓湍急的河水聲清晰可辨，那是堤壩後面看不見的河流，那聲音混和著蟋蟀的唧唧叫——不如說，那細長的叫聲從斜坡、矮林、地面的洞傳來，那聲響再夏天不過。月光被遮蔽。

「你要什麼？」其中一位下棋的人對另一位說。「你到底還要什麼？」

「對，我要繼續下。我非常好奇之後會怎樣。」

「哪件事？跟誰？」

「我，我們。我的故事。我們的故事。我們得自己做些什麼。我這麼說的意思，並不是一定要到深海潛水，或是攀登喜馬拉雅山。」

「那你怎麼預測後來的事？舉個例子吧？」

「會有人從開著的窗戶跳進來，請求幫助。或是拿著刀子抵著我的咽喉。或是我明天早上醒來，蛇皮可能就在我的枕邊。不，那一定不只是皮膚而已，而是某些比蛇更可怕的東西。」

「為什麼你的聲音聽起來悶悶的？」

「我女兒也這樣問，甚至是我的太太。你知道人家說我的聲音聽起來就像是哪裡發出來的？一個說從井裡發出，另一個人說從下水道的洞。」

這一天，藥劑師做的最後一件事情是練習丟東西——把棋子丟進他們的盒子，每丟一顆，就更遠一點。

也許那是因為他咬掉了一些乾燥蕈菇，又或許不是——無論如何，那夜，他作了兩個夢，栩栩如生地在他面前搬演。其中一個夢，毗連小地窖的是一排地下空間，大廳彼此連通，華麗至極，一如期待中那樣空無一物，似乎等著一場美妙而且或許可怕的事件；而可怕的事不只是近來才發生，而是人類有史以來就有的。

第二個夢中，與隔壁鄰居相鄰的樹叢忽然不見了，也許是有人猛力拔除，或只是倒下，大家可以看到彼此的花園以及露臺，不只看到外在，有時甚至可以看見屋子裡的一切，鄰居也是，可以看見別人家的東西，一下子讓雙方感到極度羞恥，然後才逐漸放鬆、幾乎高興起來。（可以留意到的是，這樣沒有圍籬的房子，往往被當成地樁，或是底下拴著一條船的沼澤之家。）

接著，有些事情突如其來——這還是一場夢嗎？一片黑，無限蔓延，電影沒有字卡、沒有影像，而是直接進入全劇終，沒有了「我是」、「你是」、「他是」、「他們是」以及「你們是」，黑暗占據了整個空間，把藥劑師從睡夢中趕走——然而黑暗並未消散，它始終存在。

「我確實忘了。」他說前幾天才剛剛從皮膚切掉了一個黑色的疣，檢查結果很快就會出來。

他是不是整夜都躺著、雙腳交叉？有時候，敞開的窗露出月光，那是虧月，在快速積聚的烏雲之中，向下展露月的臉。

第二章

狂風吹來不知何處的雨的氣味。此刻的第一道晨光下，視野遼闊的一天正在朦朧之中開始顯得清明，他向來喜歡也渴望這樣的日子，他喜歡這樣的天色持續到天黑。永恆的夏日太陽與湛藍天色，已經有點像亙古的冰面，被冰封起來。

在那樣陰暗的一天，最微不足道的東西開始顫動，彷彿試著啟程，走向覺醒。在朦朧中的澄明，他感到流動不居，且沒有憂慮——烈日反而使夜晚的黑暗顯得更加久長。

他到屋子後面的河裡游泳。沒有太陽的照耀，河水的波光是另一種樣貌，不再顯得刺眼。他讓自己漂浮在邊界的另一邊，看見河堤的樹林之間露出一幢房屋，昨天它似乎還不存在，卻已然是間老屋了？

同樣的，從花園裡看出去，會有一座岩壁浮現在壯如金字塔的山巒之中，岩壁狀如船帆，明亮的色澤亦然，難道那也是一夜之間出現的？昏暗天色中，他無意識地將雙臂往某人臀部的高度伸去。

他讀著中世紀的史詩。奇特的是，每當唱頌到「世界上最美的草地」，書中的主人公肯定很快會遇上一些糟糕的事情，一名騎士躺在擔架上，他的腿斷了，頭破血流，或是撞見一名處女以她的髮辮懸在樹上自盡。

已經下雨了嗎？不，那是昆蟲紛紛從花園裡的白楊樹落下，因而草地不斷發出窸窣的聲響，牠們同時也散落在書頁上，堅守崗位，不讓人吹掉。他吹得愈是用力，牠們愈是屹立不搖地蹲伏在字母之間。直到風止息了，牠們才肯離去。一隻蝙蝠從樹叢裡衝出來，發出皮革般的聲響，這在早晨是罕見的不是？哪像現在這個早晨，牠飛得比平常慢，因此可以讓人好好地觀察牠。第一批飛上天際的鳥兒，或許不如平常天氣晴朗時飛得那麼高，又或者牠們飛得更高？無論如何，那種高度沒有任何飛機與衛星能夠抵達。

只有烏鴉的聲音令人覺得吵——牠們是這一帶最主要的動物族群，在其他地方亦然。烏鴉原屬冬天的鳥類，很早以前就轉為終年活動了。牠們喊叫時，通常不會被大家看見，就像老公雞啼叫時就發出那麼一聲，不過烏鴉的叫聲大得多，而且位在高空中，不時發出強而有力的低鳴與尖叫，彷彿使用鑾力槌敲木琴的聲音。

千百隻烏鴉當中的其中一隻，停駐在隔壁花園一株香柏樹的寬闊枝幹上，這個早晨才初次被留意到。樹枝彎曲的弧度像浣熊，烏鴉在其上擺出姿勢，從側面看，牠的喙咬著一顆圓形果實。不只這座花園，地上都鋪滿了紛紛散落的果實，也有芒果、荔枝、奇異果粒。牠振翅，生猛有力地亂拍，讓翅膀收放，彷彿牠有好幾雙翅膀，或者那是好幾隻烏鴉群聚？牠們是不是在吃藏匿在彼此羽毛中的蒼蠅？

「烏鴉，來，告訴我！」烏鴉從樹冠飛來，停在花園桌上，旁邊是一本展讀的書，還有藍山咖啡，牠先是轉動頭部與身體，作為呼朋引伴的信號，然後說：「……」

牠飛起來時，桌上一隻幼蟲在牠所處的位置拱起身軀。烏鴉的喙發出濃臭，頭部則有灰點。「該點火了！」牠說。果真，看看那邊，兒童飛鏢上的金屬早已鏽蝕，旁邊那花園的泥土有個像白色導線的東西探出頭來，發出白色光亮。他像是接受了一道命令那樣去點燃它。「然後記得用手切麵包，不要用機器！」他果真依照命令行事，彷彿也為了別人的早餐切麵包。

藥劑師在他的家門前洗車，那是一台寬敞的新車，幾乎跟他家附近的河堤路等寬。他清空了後座，武器與裝備皆齊，他自覺準備好了，儘管還有一兩處美中不足，還是那句烏鴉說的老話：「硬著頭皮上陣。」

車窗敞開，雙手握住方向盤，上路之前，他再讀一頁史詩。昏暗的一天，直到現在都無風，倒是書本中有微風吹來。「從今天起，直到故事終結都沒有報紙了！」（烏鴉語）事實上，這個故事發生的時間，並不是報紙上的時間。他發車的時候，是不是有人叫喊他的名字？那聲音來自屋裡，還是後面的河床？哀憐求救的聲音？不，只是烏鴉嘎嘎的叫聲。「從今天起，直到故事終結，你將不再有名字！」一位鄰居從汽車旁邊走過，卻沒有認出車裡的他。

發動車子的那一刻，他最後看向的並不是屋子，而是屋前的信箱——終於不用面對陽光的陰影。之前幾個星期的夏日，這些光影害他屢屢以為有新信送來；對於昏暗清朗的日子而言，這也算是優點——空著就是空著。

感受到力量之後，他開車上路。那種力量不是來自汽車本身，而是來自一種陌生、也許還是無用且可笑的東西，會不會那也是種病徵，能威脅生命的疾病？他開始想念烏鴉，還是想念誰？在中世紀史詩當中，有個詞叫「原初形勢」，指涉的是「戰爭」。

「他們騎著馬，走向原初形勢（戰爭）。」

這天晚間，他完成工作與研究，幾乎沒人注意他，他也不作聲。他住在圍籬住宅區，或說「失落之島」，是往地窖餐館的必經之路。

只有一回，他在白天從後面的實驗室跟某人對望了一陣，透過欄杆看出去。有個孩子在樹叢後盪鞦韆，個子小小卻盪得奇高，又或者其實那是一名侏儒？——總之，就在日正當中、體力漸弱之際，兩人的目光剛好就這麼對上了。

日子恆常昏暗且清朗。此時，他在塔克桑與機場航廈的半路上，那蜿蜒的森林旁——會這麼稱呼，是因為鄉間道路沒完沒了地沿著它蜿蜒而行。此刻終於開始下雨，今夏的第一場雨。

他馬上轉進森林之路，然後下車，接著坐在一個樹墩上，以頭頂的樹叢為屋頂，然後將一顆石頭往遠處的樹幹丟去——擊中了。

幾週的乾季過後，最初的雨水讓藥局的味道早早散去，又或者以另一種方式存在著。塵土之中有零星的小土塊（對，森林的根深之處也埋著塵土，你的鞋子沾染了灰白色的泥土），雨水沖刷地球的土塊，把它們帶到這裡，樹皮的碎屑飄來——也許一個新時代就此發軔，或是經過了漫長的靜止，時間那種東西又開始運轉。

他蹲下來仔細觀察；而這個動作也最貼近自己。眼前的視野非常寬廣——他看見停好的車，周圍的天色漸暗，車子的明亮與之相映成趣，車內座椅顯然空蕩，彷彿多出了更多座位，成排的座位。更遠處是飛機場，最後一架飛機正升上天空，有個乘客在窗邊，他想從裡面擦去外面的霧氣。長長的一列卡車行駛在右手邊的高速公路上，一輛又一輛的白色卡車，聯合國的部隊正要前往對抗一場新戰爭，或是剛剛結束，在歸來的路上（一些貨車也被拖走，半數被燒了）；左邊是警犬訓練場，位於森林邊緣，那裡有一隻狗正被涵洞絆住，發出哀怨的叫聲，另一隻狗則冷冽咆哮，不斷朝著躲在牆後的人跳躍，牠緊咬「逃犯」下臂裹著的布料不放，嘴巴與手臂纏鬥著，人與狗繞著圈，纏鬥的動物簡直要飛起來了。

雨勢愈來愈強，田野變得空曠，所有感知變得模糊，思緒與記憶絲毫無法清晰，思維模糊，乃至於中止，而後全然無物——孩子們更常有這種體驗，我們稱之為「呆若木雞」。

這時候，天色以迅雷不及掩耳的速度轉暗，眼前一片漆黑，彷若重擊。

也許那並不是一場從附近猛烈襲來的重擊。它精準地擊中了他的額頭，正是一星期前被切掉的黑色小腫塊的部位。又或者那是來自漆黑大地的多個重擊？

假如他在這場兩人甚或九對一的搏鬥中為自己捍衛，光是在一開始的時候，他就會體認到根本毋須防衛，任何防衛都無法使他從這樣的窘境逃脫，只能盡可能忍受到底。

假如他愈來愈清楚，頓悟四周變得漆黑並且擊中他的緣由，那麼從現在起，為了可見的將來，他唯有意識到這個新的狀況，才能進行下一步。這個狀況強迫他在各方面調節適應，而要度過難關，幾乎是不可能的事。

難道剛才有人埋伏在那裡要襲擊他？過了很久，他才跟我說：「如果是埋伏襲擊，應該是我祖先下手的，至少我被擊中之後，一直久久聞到身上有祖先的味道。」

「跟我多講一點。」

「不，您是書寫記錄者，不應該成為我故事的主人。甚至我自己也不是我故事的主人。所有我能說的，就是每當我集中思緒時，就會躺在樹叢的枝幹間，就像把自己丟進各種樹木的根莖之間，窩在裡面，而且身體還沒淋溼，儘管外面下著薩爾斯堡一帶才有的傾盆大雨。我感受到內心有種奇特的快樂，還是那是一種感謝，抑或是一種熱情？如今萬物水到渠成。可以開始戰鬥了。黑暗中的一擊，把最後的藥房與實驗室的氣味從我身上敲走，我只想好好待在樹叢中。我想抓住某些東西，捕捉到什麼，某種野生動物。要多快才能變成森林之人，變成一個從來不曾有過的那樣的人？我的籃子底部的乾燥樹葉上，有幾滴血在上面。」

「那時的天色難道沒那麼黑了？」

「沒有人應該當這個故事的主人。所以有關這個時刻，我只多說一件事——有一種氣味跟這場埋伏襲擊聯繫在一起，那是一種香氣，或者說，其實是一種調味料。」

回頭繼續開車之前，他把車頭燈打得特別亮。中午原本還看到的幾棵樹，現在已經看不見了。野櫻桃、無花果樹、甘栗樹、白楊山毛櫸——是的，這裡有這樣值得注意的混種——它們一一消失，或是在洪水的湍流中消逝，直到眼界模糊，再也看不見。

灌木叢中，倒是出現了人類的身體，七橫八豎地躺在各自的睡袋裡，袋口被束起，但頭頂濡溼的髮束依稀可見。那是死人嗎？他們經歷了一場戰役？原來是一支癱倒在矮樹叢的士兵隊伍，又或者只是因為昨夜行軍導致精疲力竭？他們如此疲憊，以至於在明亮的車頭燈下，僅有一人從睡袋中睜開一隻眼睛。

使他驚訝的是，地窖餐廳除了每晚為他預留的那桌，幾乎全都客滿了。儘管田間路的樹叢附近冷清，僅有廚師的車子停在那裡。

這些客人是不是因為班機取消，所以被田野另一邊的機場櫃檯送過來吃飯？如果是，那麼端上的菜色應該都一樣才對，事實並非如此。每桌的人好像都互相認識。至少他們看起來熟稔彼此。並不是各桌的人到處聊天，而是不斷地交換目光，不像餐廳中陌生顧客交換的眼神那樣匆促且低調，他們看鄰座的目光炯炯有神，充滿友善與關懷，同時不打擾對方吃飯。當他走進餐廳時，沒人看他一眼——也因為地窖的門相當低矮，他幾乎是低著頭進門的。不過，他進門時，在場的人似乎微微一動，彷彿對他表示歡迎。他所感受到的也與大家相去不遠——他跟大家彷彿似曾相識，總之有好的開始，吃飯過程感覺不差，不會令人不悅。

即便如此，他在這裡依然片刻也無法擺脫對於危險的意識，他不只意識到衝突，還有毀滅的危險，對此，手腕一轉、一個失足，一次錯誤的呼吸，都可能太遲。

他在發顫。他不想被注意。為什麼不想？畢竟發顫也有可能是他的身體被雨水打溼了。此外，所有的客人都對他頗為親切。一些客人不是也打著冷顫嗎？他們看起來也都渾身溼透，無論男襯衫或女上衣都一樣（從掛在椅背上的夏季輕薄夾克，以及地窖舊時泥地上了漆的幾處溼漉水坑，可見一斑）。只是，他的冷顫似乎不是外面天候因素導致，而是由於寒氣從底下來，好像是從地面，有些時刻你已無法分辨，究竟是地板在劇烈搖晃，還是只有自己的腳在發顫。他得站穩腳步，並推開沉重的桌子才行。這幾週的夏日溫暖氣息依舊瀰漫整間餐館。沒有人會覺得冷。

「您想要什麼？」（店主問。他在店主眼裡只是客人，姓名與職業皆無從知曉）。客人還沒開口，他就知道這個人什麼也不會講。他瞬間失語，而且狀態持續了更長的時間。但為何之前在黑暗中被襲擊時，卻絲毫不害怕，甚至不怕死？他想著，發現自己已經很久不害怕死亡了。

失語——這是一種怎樣的狀態？就像有時在夢裡，你需要奔跑、逃跑或者拯救某人、一個至親或身邊的朋友，他或許陷在水裡、火裡，深淵、野獸或惡魔手中，你卻像身上背負著沉重的石頭，一點也無法移動。

儘管如此，他還是開口了，期望能表達他想要什麼，甚至揮手碰過桌上的燭火，試圖讓透明的藍色燭心刺激自己，期待死掉的舌頭能因為疼痛活躍起來。結果一點聲音、連結巴說話都無法。

並非他無欲無求。他先是感到非常地餓，彷彿很久沒有這樣了，現在又因為雨的緣故，讓不只是菜餚的所有一切，都變得更加鮮美。

失語帶來好處，也造成阻塞，另一種欲望被喚醒，或引爆，或中斷，它可以在空氣中被感知，遠多於在他心中的存在。好比有句諺語是這麼說的——問題將在屋裡徘徊不去。儘管情況各異，這句話在這裡完全站得住腳。欲望在屋裡盤桓。怎樣的欲望？那是頗為笨拙、不熟練的一種，尚未實踐或付諸實行，它基本上不被使用，甚至可能從來沒有被使用過，像孩子氣那樣，尷尬不知所措，它對自己感到羞赧，因而不優雅，它的表達差勁且令人誤會，使人誤以為它在表示牙痛、肚子疼，急著大小解，或是懇求被寬容。

他甚至無法在菜單上指出心中熱望的菜餚，只能四處游移，搶走店主手中的筆記本。幸好有本日精選的菜色，這正是他要的，他的頭微微抽動，恰好被解釋為點頭同意。

「眼看現在的雨勢，不如我趕快把您的蕈菇端上當作配菜吧。」店主說，然後又問：「您的額頭上有血，很多血。發生意外嗎？是不是撞上擋風玻璃？」接著他親手拿一塊沾了冰水的布在他的頭上包紮，只有最近的鄰桌客人看見，大家不帶好奇地表達安靜的同情，偶爾說些話緩和：「沒那麼嚴重！」以及「這塊布跟您很搭，簡直是為您存在。」

夜雨滂沱數小時，打在屋頂上。這樣的雨勢，在這一帶可以連續下好幾天。你彷彿可以從後面的高處看見地窖餐廳裡的所有人，彷彿沒有屋頂，大家身體溼透，靜靜地繼續吃飯。有時你在夢中看見這樣的自己，在後面這裡，跟一些不認識的人，我們成為冒險電影的英雄，觀眾同時也是自己。

客人漸漸散去，每個人都從錢包裡抽出大鈔，以現金支付。他們不是被計程車接走，就是自己雇了司機；司機們撐著足夠兩人撐的傘快步到門口來。至少每兩個人就有一人在進門時，一頭撞上門梁，一兩個女性也是，她們大多身材高挑。其中一位在出去時對他微微一笑：「祝你好運！」其他人則在離去時用眼角餘光表達，沒有招手與眨眼，那眼角透出的意思是——晚安。他們都經歷過某些潦倒與不堪，不只是因為鬍子沒刮，蓬頭亂髮，走起路來步態蹣跚。他們身上有些破碎與殘破的東西，一種束手無策與無助感，彷彿沒人能確定自己可以撐過這個夜晚。

他展讀那本中世紀的書，桌上的東西陸續被收走，情節發展到一把劍刺向某人，心臟血淋淋地暴露在胸膛。

他也是付現金（這對他來說當然不是什麼新鮮事）。玻璃牆後的廚房工作人員，他們已垂下雙手或交叉手臂，除了那位深色皮膚的洗碗工，他的身高對這家餐館而言實在太高，不只在水龍頭旁得彎腰駝背，就連把碗放到上方架子也得彎著身子。

另一張桌子還坐著人，跟前晚一樣。這次坐著兩個男人。儘管環境陰暗，他們還是戴著墨鏡，兩人看來比其他偶然出現的客人更具潦倒氣息，也許他們是故意這樣的——不然，店主要他們登記名字，他們怎會毫不猶豫地簽名？這該如何解釋？

他終於認出他們了。其中一位是遠近馳名的冬季體育選手，溜冰選手，也許三十多年前幫美國帶回了一面奧運金牌，儘管丟了一根雪杖。坐在他對面的，則是曾經小有名氣的詩人，只是成名的方式略有不同。他除了是詩人，也是難民與外國人，據說他早年書寫的德語讓本地人摸不著頭緒，但是當他朗誦詩歌時，卻讓許多人點頭稱是，尤其是一般大眾。

之前這裡的客人不也都是長年享譽的名人嗎？他們在這裡相遇，也許是因為讀到文章推薦這家店的美食，因此就覺得可以躲到這家地窖避避名人的風頭？

不管怎樣——這兩位待到最後的人，額頭流著汗。他遠遠地就聞出那是冷汗，他也看見那汗水止住，復又突然流下。他們倆時不時又大笑起來，有時臉上堆滿笑容，有時咯咯笑，有時則真誠地像小嬰兒那樣笑著——不管你願不願意，就算不知道他們在聊什麼，你會忍不住跟著笑起來。他們是不是在跟他微微地打招呼？他們醉了嗎？他們的臉頰在燭光照耀下，就像齧齒動物，不停地咀嚼著。

他坐在外面的車內，並沒有馬上開車，而是再待一會兒。夜雨打在車頂上，發出截然不同的聲響。他也習慣就這樣坐著，不管在哪裡，看著擋風玻璃或者讀書都好。從前他還時常旅行的時候，就常在海邊看見有些人也這樣坐在車子裡，一樣什麼也不做，或是讀書。尤其是在陡峭的岸邊，他們面向西方，不一定在夕陽西下的時刻。他把這樣的舉措當成典範。

儘管飛機跑道有地面的光線照著，一座機場依舊可以很暗，比某些文明場域還暗。昔日的田間路如今變成瀝青路，被傾盆大雨大片地沖刷著，路沿著斜坡開展，上面矗立著一些樓房甚至船隻，一段欄杆，一個通往甲板的階梯，一個傾倒的船頭正猛力吸入天空降下的雨水，然後流入底下深邃的空間，進入屋舍與船腹。

這時，最後兩個顧客從地窖餐廳走出來，身後的燈火也隨之熄滅。他們沒穿外套也沒帶傘，一踏出去就淋溼了，但他們依然不疾不徐，簡直是在大雨中漫步，而他們也是這麼打算的。他把車子開到他們身邊，讓他們上車。

他們三人始終沉默，汽車繼續前進，直到鄉間道路、高速公路與鐵路交會的路口，他們已經離開了河流匯流的天然地帶。駕駛座上的人已經習慣不說話，因此一直保持沉默，另外兩位則帶著各自的理由把後座當計程車那樣搭。他們摘下墨鏡，兩人的眼睛都細小卻帶著警覺，他們身上沒有任何味道了，頂多是溼潤頭髮的些許氣味，像燙過的雞羽毛，無論如何都跟他們身上溼透的衣服無關。他們坐在寬敞的車子裡，四面的暖風很快地將他們的衣服烘乾了，這時候，滑雪障礙賽冠軍滑到他旁邊的座位，開始跟他說話。

那時候他正駕車穿越隧道，雨水打在車頂的聲音漸弱。他有著特別低沉、悶悶的嗓音，彷彿整個人躺在光溜溜的地板上很久了，他說：「我早就知道你是誰了。之前我在落磯山脈[1]發生車禍，是你幫我急救的，救護車才剛到，你人就消失。後來我到黑海游泳，又見過你一回，那時候在戶外，你跟我們有一段距離，我跟朋友坐在一艘遊艇上，還以為你遇到船難，結果你示意我們繼續航行。那時候，你頭上戴著跟現在一模一樣的頭巾。我知道了，你在幫政府工作，暗中執行某些任務。」

1 落磯山脈（Rocky Mountains），美洲西部主要山脈，綿延數千公里，跨越美加兩國。

方向盤上的那人沒有回答。退休詩人這時就從後座跳出來接話，這時汽車已經駛入第二個隧道，或說阿爾卑斯山的主要隧道，他的德語有外國口音，聽得出來他為了譁眾取寵而有些誇大：「你跟我年紀一樣，但你卻讓我想起我的父親。你跟我父親一樣親切好客，也一樣容易陷入恍惚，只要我打擾到他，讓他從恍惚中驚醒，他就會突然打我。你跟他一樣有好幾個孩子，你是孩子們的好爸爸。可是你很孤單，孤單得可憐，也是你咎由自取（或者他是說『孤單得噁心』？）。對，一個人會多快陷入孤單？當他打開房門的時刻，關上窗戶的時刻，轉進巷道的時刻。」

這位司機什麼也說不出口，反正他一點也不想說話，他按一按喇叭，就連喇叭的聲音也很微弱。

只有一件事情是清楚的——他們三人都有空閒，至少接下來幾天都沒事，他們有時間。馬上要放假了，耶穌升天日，所以這個週末假期特別長。

不過，這個說法只適用在他身上。這兩個共乘者顯然無事一身輕，直到或長或短的生命終結。他們既沒工作，也沒有家庭，這也不是一天兩天的事了。但是他們有錢，不然就是假裝有錢，他們拿出大把的鈔票來玩，或是向彼此亮出自己的信用卡。他們所炫耀的，當然不是老實賺來的。但沒人在意，另一方面，這也不算是多髒的錢，不是吸毒或拉皮條賺來的，儘管他倆貌似很能勝任後者，尤其他們提到的名字，幾乎都是外國女人的。他們帶有亡命之徒的氣息，儘管有時候禮貌得有些做作。

詩人擺出來晾乾且不時嗅聞的東西，並不是筆記本，而是一副撲克牌。昔日奧運選手則拿出一把彈簧刀，開始切自己褲腳上鬆動的線頭。同時他們嘴裡含著薄荷片，以免聊天時把地窖餐廳的酒氣也呼出來；他們上車的時候，隨即下意識地把點燃的香菸捻熄了。

直到車子上路，他們才顯出亡命之徒的氣息——他們的嘴巴開開，裡面凹陷，也太早掉牙了；他們神經兮兮，彷彿被上級壓迫得太久，或是被年邁的母親或姨媽悉心照料太久，於是逃跑。他們不太清楚該往哪裡去，然而，失去方向的同時，卻充滿不怕死的能量。在稍縱即逝的瞬間，以及最微不足道的事情裡，你可以看見一種傻勁，它存在於途中的每個當下，這種特質只有蒙古人才有。他們並非只是目無法紀，而還淩駕法律，可以穿牆、過海、隱身、飛翔，同時允許違法之事，因為他們就是違法之人。

他的腦海閃過一個想法，這兩人會不會就是在機場後面森林裡打他腦勺的人？現在他變成他們的俘虜了。

突然，一隻小鳥在車內振翅亂飛，原來是一隻麻雀，那是詩人在某處找到的，他以為牠死了，於是放進自己的上衣口袋，如今牠溜出來了。他們把車子停在路邊，各自搖下車窗。

那是午夜之時，他們在阿爾卑斯山深處的某個低谷，橫越了幾條路，這裡雷雨交加、閃電交加。麻雀馬上飛走了，牠的叫聲非常刺耳，彷彿是活生生被埋在某處多時，而不是剛剛才被困住。

溜冰選手知道這附近哪裡可以過夜。有個女人住在那裡，「她是贏家，幾乎跟我以前一樣，但我們的領域不同。」至於是什麼領域，他不願多說，大家自然也不過問。打從共乘的那一刻起，不多過問，變成了大家心照不宣的遊戲規則。

他們試著找路——儘管司機不曾到過這裡，但是他在黑暗中辨識方向的能力，還是比據稱熟悉當地的運動員好。眼前的路口有數條路交會，他自信滿滿地轉進了唯一正確的路。隔天，坐在後座的詩人宣讀了一項計畫：「先越過邊境，我知道那裡有個村莊將舉行年度慶典。而且我有個私生子住在那裡，我還沒見過他——我的孩子都是私生子。他也不想見我，總之再也不想了。然後盡可能繼續走，沿著阿爾卑斯山南面一路往下，然後再往上走，抵達另一座山脈。那座山脈沒那麼高，不過即使現在是夏天，依然會下雪，而且在上面的森林裡，有座深井在花朵與蕨類之間，裡面的水終年結冰。假如你想看見那裡的冰雪融化——我就不多說了，你會看見那過程如何令人驚喜。」

那女人的房子就在山頂的後面，這裡可以說是這一帶的分水嶺。一側泉水流向黑海，另一側則流向地中海（那女人這麼堅稱）。這兩種水源，位於分水嶺左右兩側，其實也滙聚成一口泉源，泉源有兩個通道與兩個槽，讓水可以流向不同的地方，向東或者向南流。

他們在下著雨的深夜越過山巔，看見一幢房子在遠離住宅區的荒郊野地，儼然是一座光之屋。雖然是矮房子，但由粗礪的石頭所綿延構成，大門兩側與每個房間都亮著燈，其中一邊燈光晦暗，另一邊則燈火通明，每個角落都被照亮，連天花板也像被日光照耀那般明亮。這些空間所產生的許多剪影，乍看之下，穿梭於各個房門之間，於空間中飛馳閃動，彷彿一場偉大的舞蹈，即便沒有音樂。除了外頭的兩道泉水發出潺潺聲響，這裡是沒有其他聲音的。

然後，你會發現，那是一幢悲傷的房子。她的丈夫剛剛過世，前一天下葬。人稱「勝利者」的那名女子，正忙著將丈夫的空間清出來，只有一個鄰居遠道過來幫忙。他們快速地清理，動作相當熟練，由於燈光充沛，也造出了各種各樣的影子，一度教人以為房裡賓客滿堂。

直到上床睡覺之前，大家都一語不發，不只他一人沉默著。大家都非常疲憊。他們三人分別在邊屋得到一個房間。他聽見詩人跟運動員還在走廊上談天，聲音非常安靜且鎮定，就像分水嶺的那兩座泉水。他則跟平常一樣，立刻入睡了。而且這裡的床是他喜歡的，他喜歡窄小房間裡的小床，不像家裡的床，總有大半空在那裡（樣式也比家裡的漂亮）。

深邃且無聲的山中夜晚裡——分水嶺泉源的聲響也彷彿遠在地平線後方。他醒來，不如說是被照進屋裡的光線喚醒的，又或者說，是所有的光線同時漫射進來。

那女人站在他的床邊，她的背挺立高挑，裹著沉甸甸的大衣，頭髮是溼的，彷彿是從很遠的地方前來，而不是從主樓過來。她在他面前跪下來，同時面朝另一個方向——小房間唯一的窗戶——那窗戶完全地敞開著。（她是從那裡爬進來的？）她的容貌與昨晚拒人於千里之外的悲傷表情相較，此刻居然有說不出的溫和，也不只是因為她是所謂勝利者，所以這樣的表情令人驚訝。還是在她的眼中，那種勝利其實就是一種出神的狀態，甚至可以昇華、變形？

他一動也不動，屏息等待著。這個女人要做什麼呢？因為事情很清楚，她將有所行動，而且是馬上。下一秒鐘，她便撲倒在他身上，用力以雙手拳頭往他身上打，她的手很大，出拳像個男人，眼睛則避開他，看向別處。

他沒有任何防衛，彷彿挨這些拳頭不會很痛，而他其實也毫髮無傷。她持續用這樣的力氣揍他，最後他從那張窄小的床上摔了下去。這時她才放開他，看他一眼之後熄燈、消失，就像她來的時候。也不清楚她是怎麼來的。

他踉蹌地回到自己夜裡的山中小窩，接著又立即睡著了，像個聽話的孩子。接著一陣笑聲。是他自己在夢中大笑嗎？「我已經多久沒笑了！」他在意識矇矓的時刻這樣想著，結果意識變得更清晰、記憶也更強烈了。他說：「我念書的時候都沒像這兩天一樣，挨打這麼多次！」

房間裡有種氣味，不是女人的香水，而是有東西燒起來的味道，也許是兩顆打火石摩擦許久，最後閃現了火光。這讓他呼吸變得急促用力，而且似乎不只是他一個人的呼吸，而是幾個人擠在這小房間的呼吸聲。

隔天早晨，他第一次不是獨自吃早餐。不知道是多久以來了？詩人與昔日奧運英雄已經在主樓等他，對於這個窮鄉僻壤而言，他們坐著的桌子擺設非常豐盛。兩人卻遲遲不肯開始吃，好像得等他來喊開動才行。

順道一提，詩人讓他的運動員朋友侃侃而談所有重要或不重要的事，還聊到他如何找到並且調製牙買加山丘的咖啡，並且在黎明破曉之際在山中森林進行採收，碗裡滿滿的藍莓、黑莓與覆盆子，上面還沾有雨水。「為了我們的最後一場旅行！」他補述道。他說「我們」指的到底是？包括他？——「我們的司機」，兩位一度這樣叫他。或者是「我們的客人」，或「我們的第三人」？

無論什麼指稱，他們倆都沒有發現，他從頭到尾不發一語。他們也不在意，包括他額頭的傷口，過了一晚，他的顴骨、嘴唇、臉頰上都多了傷痕，大概是被那位寡婦的婚戒打傷的。他們似乎只忙著自己的事，長年渾渾噩噩生活。同時他們也還受到鼓舞，至少他們說起這件事情的時刻，讓人感到眉飛色舞。

這一夜，詩人在夢境裡的廣播聽見了自己的訃聞。「是一名女人宣讀的，那是頗受歡迎的廣播女播音員，不管播報什麼內容，聲音總是溫暖真誠。可是當她播報我的時候，聲音不只顯得冷漠，還有點幸災樂禍，甚至帶有復仇感。好像我的死，讓大家都仇恨的壞人也一起消失，讓全民公敵被逮捕。所有我在世時寫下的東西，她都顯然以眾人之名，無可逆轉地視作廢紙，當作廢紙！剛好這個詞可以幫我把事態理得更清楚。遺忘有理！她這麼說。突然間，我感覺自己不再是一個人，無論如何，跟先前的夢境與生活相比，我顯得不那麼孤零零了。一連串的打擊與潰敗！廣播中的女播音員這麼說。我看著自己在睡夢中賊笑，笑聲從一隻耳朵傳到另一隻耳朵。等等，我心想，我根本還沒開始寫書呢。會是一本書，而且是前所未有的一本，它不會讓你感受到書本的形體，也沒有形象，你無法捕獲，它了無重力，但還是一本書——如果真有這樣一本的話。荊棘已經燃燒起來，或者在荊棘叢以外的地方，會有通往天梯與下地獄之處。」

他的臉上堆起笑容——但又好像不是整張臉？然後他開始數自

己的錢——這樣的金額·他一個人恐怕無法達成。跟他坐同一邊的國家英雄，經濟也並不寬裕，鈔票與零錢都算進去了。零錢堆中，有一片塗了金屬的廉價獎章複製品，那只金牌他早已變賣——他開始說起自己如何在滑雪比賽得勝之後，嘗試各種不同的體育類型，他不會被任何項目設限，對，只要他著手進行，就會馬到成功。

「是的，至少有段時間真的是如此，但我只要付出微小的代價，為了比賽與勝利，所要付出的實在愈來愈少。我贏了一連串的摩托車越野賽，然而對手大多是週末才會出現的業餘運動員，我的勝利之路遍及最遠的村莊。之後，在我所有嘗試過的其他運動中，只有當我出國或是消失，或是愈跑愈遠，直到異國他鄉，我才會取得勝利，或者想像能取得勝利。身為『國外來的選手』，就算沒有成功，我還是有一定的聲望，因為以前我在家鄉就曾有『偉大選手』的光環。我曾經有一季在韓國籃球隊當明星球員，之後那年到紐西蘭一個中型城市，同時擔任球員與教練，好在當地組建歐洲足球隊，那一陣子我也滿有名的。接著我在蒙古高爾夫球賽，以及阿拉斯加費爾班克斯的冰上曲棍球比賽，所到之處都戰果輝煌。可是到了最後，我唯一的路還是回家找份工作，或是自己創業。比賽勝利這件事情已經成為我的血與肉，導致我就算參加其他比賽，也期待勝利。我是這麼要求的。你們這些閒雜人等，這些沒用的傢伙。你們別異想天開了。勝利者一定是我。我才是贏家，不然還會是誰呢？過去十年來災難不斷，而且一次比一次更慘烈。所以這是我最後一趟旅行了。但誰知道？也許我們的司機先生幫忙，這趟旅行就會變成第一趟？無止境迷路下去？讓我們出發到國外去，在那裡我就可以繼續贏得一些什麼！」

他的整張臉同樣充盈笑容，還舉高雙臂，擺出勝利者的姿勢；不過他並沒有得逞，他激動時伸出的舌頭顯得蒼白，應該不只是身體的疲累所致。

雨繼續下，時間一點一滴過去，雨勢愈來愈大。分水嶺的兩座泉源，水從管道吞吐、噴發，一條流向某個海洋，另一條則流往反方向的海洋。山中森林無數的落葉松，其細緻的針葉與較粗的雲杉樹葉截然不同，它們面臨傾盆大雨，卻早已不加抵抗，如此屹立於水舞之中。

有關那幢房屋的女人，我們看不見蛛絲馬跡。還是那瓷磚爐是由她升火的，在這樣的仲夏時節？被稱為「司機」的他，為兩人撐傘走向車子，那把大傘似乎是在大門就為他們備好的，這時他發覺外套口袋有東西沙沙作響，不禁使他想起那封「縫入襯裡的信」。

他操持方向盤繼續前進，一邊忖度這天早上他究竟惦著什麼——他的房子？習慣的環境？上班的路途？不是的，他惦念的是某些他暫且擱置，錯過的東西。還是他忘了吃某種非吃不可的藥？不是的，也不是這個，用餐的時候已經服用過了；此刻他感到自己的匱乏，其實也說不上來是哪裡虛弱，而是需要某些強而有力的東西。但他們不是享用一頓豐盛早餐了嗎？就像人們說的，健康有元氣的早餐？

然而這樣的匱乏是存在的。那種空洞，在嘴巴裡搔癢，譬如你給自己備好了蘋果或是一片麵包，卻不去吃——彷彿那種匱乏感，並不位於口腔，但又在哪裡？整個身體嗎？整個人嗎？是那本書！對，這天早晨他沒讀那本書，沒讀中世紀史詩故事，缺了這份「早晨食糧」，他感到匱乏。一個對閱讀永不饜足的藥劑師，有過這樣的人嗎？（這是他最後一次自認是「藥劑師」，至少在他的故事上演的時候。）

坐在他旁邊的詩人，正大聲朗讀報紙上的每日星座運勢，上面說他今天將體驗到一種「無可救藥的孤單」；但他不用感到絕望，只要他以開闊的心胸面對眼前的機會，這樣的精神狀態可能也是「解藥」。不，一個有機生命所欠缺的，才不是這樣的閱讀——而後座的體壇老將也提醒詩人，那份報紙是去年的。

一時之間，這位司機突然覺得自己正在體驗的，以及昨晚以來發生在他身上，還有跟他們一起所發生的事，也都同時被記錄下來，而且可以被閱讀，但不是以報紙或書本的形式。他是否曾在過去的某一時刻有過這樣的想法？對，有些時刻，在愛情中，在大悲大喜之中，跟他的妻子——那到底還是不是真的？——跟他的孩子——那到底還是不是真的？——跟他的愛人——好久以前的事情了，或是根本沒發生過？那些銘記下來的畫面，只會在最深的夜裡浮現，完全無聲、令人屏息。現在，他正發生的故事正在光天化日下被展讀，外面大雨滂沱，打在車頂上，伴著乘客咳嗽、抓癢、打呵欠的聲音。

他不太尋常地踩了油門，而且還是在蜿蜒的山路上，離柏油路還有很遠的路程，他疾駛出一道圓弧，無意間避開一塊不小心衝到路中央的巨石。

他突然瞥見昨晚的那位女主人在山頂上，她已然背向案發現場。另外兩位在位子上只是暫時停止搔癢與打呵欠，不過這樣的後果反而更搔癢、更加呵欠連連。

好一段時間以來，他正往致命的危險走去，或說是劇烈的危險。他已經不是第一次意識到這件事，而且就像剛剛，是用另一種截然不同、無法預見的方式靠近它。

致命的危險真的存在，但他已經下定決心，做出與前幾次陷入這種困局時不同的反應——這次，他分分秒秒都盡可能讓眼睛與鼻子好好睜開，彷彿隨著這場生存戰鬥的進行，歷經一個又一個的階段而更加堅毅，那些威脅他的東西，進入他的身軀與靈魂，他變成了它——不，不只這樣，而更超越——當這樣的致命危險一再接近，要打開五感去面對其他的一切；當事件發生時，不只要記得伴隨事件而來的大小事，連那些次要的小事，沒有關聯的，與案發現場無關，而是在其他地方發生的事情，全都要銘記在心？不如讓感官與自我合而為一（但不能倒果為因），也許是一種出路。

過去有幾次，他因為路途狹窄而在山上迷了路，於是陷入無法解開的荊棘戰隊中。每次他都本能地讓自己手腳靈活，同時盲目，他的耳朵聽不見脈搏劇烈跳動的聲音，然後他會發現情況就像一個人快溺死了，他的手腳不至於亂舞，但卻堅定地往陸地游去，同時他無法察覺任何事情，他什麼也察覺不到。

他第一次經驗到這些是在童年時期。那是戰爭結束的時候，他與父母在黎明破曉之際一起逃難，越過布有地雷的邊界。此後，過了許久直到現在，他都不曾想起這些畫面，除非在黎明破曉之際，冷風吹起，沒有一絲空氣，甚或沒有大氣，黎明無盡無垠，他才會回憶起來；大抵是有追隨者「尾隨在後」，但他看不見他們，他看不見。

此刻，他在避開石頭的時候睜開眼睛，看見不只是自己身處的僻靜之處，還有那邊的女人旁邊，天空在雨勢滂沱之際露出魚肚白，那浮光印象在他們頭頂上滿是雲朵的天空中顯現。他跟大家在同一個天體之下，一同經歷所發生的事情，完全不感到周圍空間的狹窄。對，這裡有一座天體，儘管外型奇怪。如果那女人沒有背向天空，他可能會給她一些暗號，提醒她轉過身去。

這個故事發生的時候，即使是偏遠的小徑，譬如他們所在的路徑，只要遇上一條主要幹道，無論多麼荒涼，交叉路口都會發展成為圓環。整片歐洲大陸都有這樣的工程。

這種連接各邦的交流道，在這裡愈來愈多，因為有愈來愈多的通道需要互相連通。才剛剛習慣直行，以為自己終於可以駛向終點，或是至少可以開得自在順暢，這時又會遇上圓環，一個又一個。

這樣的旅途，即便延續了好幾天，到頭來你會發現自己已然失去方向感——你既不知道從頭到尾的車程要往哪裡去，也根本感覺不到自己正在旅行。事實上，開在這種環形路過久，你可能會有些頭暈，因為無論是抵達或出發，看起來都像在同一個點上，就算抵達了另一個國家也是一樣。

用這樣的方式抵達一個你誤以為遙遠的目的地，會使人不只頭暈，而且厭倦旅行，甚或只想離開。一旅行就暈，比暈船還要惡劣，任何前進的方式都令他厭惡。

這個故事發生的時候，車子幾乎無法通過高處的山口。歐洲大部分的山口都封起來了，也可以說，因為落石或侵蝕等因素，這些隘口已完全行不通。為了避開這些高山隘口，大家幾乎是穿過地下隧道以橫越歐洲大陸，這些路線也像其他地方一樣有許多交流道。雖然國家之間的邊界愈來愈多，而且經常出現在隧道之間，但由於許多邊界前所未見地取消了管制，當我們行駛在其中一條隧道，往往無法察覺它的存在，邊防人員也都不在各個現場。

這樣的地底隧道，使得每趟長途旅行就變得鬼打牆那般，入口與出口相鄰，彷彿才到終點，又回到了起點。啟程出國，前往一個充滿冒險的偉大國度，最後你會發現自己彷彿置身家門口，門環甚至相同，門口地墊上則有類似的押花字，或者不論是在城市、郊區或鄉下，至少有一條街道，與你家鄉中熟悉的街道幾乎完全相同——你駛出隧道，然後到家——即便你打算一去不回頭。

他們三人在這天的際遇都不相同。儘管在數千個交流道走走停停，行經圓環、環形廣場、迴轉道，在不斷堵車的陣列中與數百萬輛假日出遊的轎車一同顛晃，穿過大約五百個或短或長的隧道。他們的心情卻非常好，毋寧說，他們的內在與外顯的狀態，早已目空一切。

他們每個人的心情各異——詩人特別容易激動，尤其他馬上要見到幾乎不曾謀面的孩子——「見孩子的母親倒是比較不緊張。」昔日奧運明星則是好奇自己在國外那個新的「滑雪國度」（也有「足球國度」、「短跑國度」）是否維持名氣；而對司機來說，這真是一種奇特的渴望，同時伴隨著一種他所不習慣的悲傷，那樣的渴望僅在他過於短暫的青春年少體驗過。

他們共享著狀態或者意識——屬於一種不知名的危險冒險，那種危險必須付出許多代價，對，要付出全部作為賭注，那種狀態與意識在禁地的邊緣，屬於非法的，甚至是犯罪的。要違背律法嗎？違背世界的運行？他們當中，沒有人能說得出這樣的共同意識是怎麼來的。他們在那裡所做過的事情，或者特別是未來會做的事情，可能會招致懲罰，並且不會受到寬容。但是他們沒有回頭路了。

儘管如此，他們還是一起繼續經歷這段新奇且前所未有的旅程。

他開得相當慢。其實他從來都沒有適應速度，至今從未成功跳上開動的火車。

有幾次他搭乘飛機，以為自己會被速度毀滅，尤其起飛時感覺最強烈。最初的幾次經驗，他會避開靠窗的位置，雖說這樣其實沒什麼幫助——那種高速不只影響他的眼睛，也影響了他整個身體。此時此刻，那速度簡直要使他毀滅。

他很早就遇過這樣的事，早在他初次搭飛機之前。每次速度快到一定程度，他就會失去一切知覺。甚至在腳踏車上，在從一個時刻到下一個時刻，他也會無法控制自己的身體，最後免不了一摔。幾次腦震盪過後，他才意識到自己在光天化日下的意外，其實都跟任何一輛腳踏車無關，也跟道路或者他的笨拙無關。好比其他人有幽閉恐懼症、廣場恐懼症或懼高症，他得跟碼表與速度恐懼症拚搏，其實有點像恐慌症爆發，在超過某個速度時，就會使他不得安寧。

他唯一的車禍也是這樣發生的。他捲進與鄰座乘客的談話中，一不小心又超速了，超速幾乎難以察覺，可是他忽然沒辦法控制方向盤，事情便這麼發生了。（他依然故我說不出話，但至少這樣是好的，他沒說話，而是靜靜沉思，或者聽車內其他人說話，這樣很難會讓他想加速。）

他說：「就算我只是觀眾或局外人，應該還是會被某些速度擊垮。譬如有些特別快的速度，曾有一次，我在戶外觀賞F1賽車，不是看電視轉播，我受到妻子的催促，她迷戀速度，沒有任何其他事情能像速度使她充滿朝氣、展現美麗，對我而言，有時候變成了又美麗又令人害怕的速度女巫。另一次則是在哈嫩卡姆[2]滑雪大賽，那是每年冬天最著名的滑降賽。為了讓她高興，我也跟著前往基茨比爾，親眼目睹冠軍的面貌。每當賽事出現在火山之巔或大西洋礁石之上，她熱烈歡呼，我已經不記得是在艾菲爾山[3]還是埃斯托里爾[4]，總之，當我看見這個景象，我整個人往後倒，得抓住她才行，那速度快得難以想像，迅疾之速遠大過於電視所呈現的，原來這些選手是以這麼不自然的高速奔馳的？不，是超凡之速。前一秒還在這裡，下一秒就一溜煙消失了。我跟太太在同一時刻尖叫，她是陶醉，我則是驚嚇，一種最原始的恐懼。」

基茨比爾滑雪道上的競賽對他產生一樣的影響——就在第一位運動員上場時，從森林裡出來，然後進入一個長而窄的斜坡，那種外星球般的速度，無論如何不是人類該有的。這一幕擊中了他，如當頭棒喝，雖然他跟身旁的妻子一樣，都為此歡欣激動，不同於看

2 哈嫩卡姆滑雪大賽（Hahnenkammrennen），奧地利西部阿爾卑斯山麓的重要國際滑雪盛事，位於基茨比爾市（Kitzbühel）。

3 艾菲爾山（Eifel），德國西部火山山脈。

4 埃斯托里爾（Estoril），葡萄牙西部濱海城鎮。

賽車，這次他沒有尖叫，好長一段時間，他什麼也說不出來。「這麼早就開始了？」我說。「對，而且不是第一次。」

昔日滑雪英雄現在坐在汽車後座，他不就是曾經在奧地利哈嫩卡姆山滑雪競賽獲勝的那一位？此時，他多說了一些自己的事，彷彿他已經知道司機在想什麼了。他回答：「讓自己沉浸在速度中是非常必要的。做不到的人，連生活都沒有辦法，這不是什麼新鮮事了。直到那一刻，我決定投身於速度，或是從容地讓最快的速度陪著我前進，這時我才算擺脫穿著尿布的人，成為自己心目中的那個人。他們治癒了我，讓我不再是原來的我！以及那個自我中心的我！我存在，卻不需退讓。我在速度之中感到自在。今天也許我不行了，原因也在於我的速度不再那麼快。」（傳來了笑聲。）

是的，他慢慢開車。其他兩人似乎沒覺得不好。他們有時間。至少這句話就像鬼打牆不斷出現，彷彿咒語。「我們有時間。」詩人說。此時車子卡在跨越歐洲隧道的車陣中，他繼續說：「我們現在要去參加的那個鄉村慶典，應該會舉辦個幾天，而且應該是夜間慶典。」

他們有時間，時不時就會轉進典型歐洲街道邊緣的飯館，不管他們吃什麼，總之都是站著用餐。他們有時間，於是在一個迴轉道轉彎，進入田間路，下車，讓自己淋些雨，司機則繼續坐在位子上。他們在不少加油站晃蕩，買些零食，並且讓陪著他們的司機知道他們懂得說幾國語言。

雨繼續下，光線變化。他們一度被超車，速度過快，司機差點無法招架，方向盤都快轉壞了。坐在那台桑塔納的女人，不就是昨夜超速經過的那一位？他才意識到，他從來都無法看見那位開車女人的正面，就連她襲擊他的過程，他依然頂多只能看到她的側臉。譬如當他們抵達她家，發現她就站在大門口時，就是一個裝扮成拒人於千里之外的悲傷寡婦。

最後一個隧道比一般的隧道長得多。雖說如此，還是看得見遠方的盡頭，那是他們要抵達的地方，一開始，那盡頭顯得好小，你望著它，彷彿透過紙張捲起所形成的孔洞看出去，或是糧倉的木材節孔、甚或是自己握拳時產生的孔縫。

他開得更慢了。隧道如此筆直，致使他幾乎不需要注意方向盤。這樣一來，隧道盡頭在眼前的畫面，大小始終均勻，幾乎難以察覺隧道口變得寬闊。有些時候，前方景象宛如一張圖片，顯得沒有空間感，一大片黑當中有個光之孔洞（隧道沒有光，他也沒有打車燈，因為遠處那個明亮的斑點讓他徹底忘了，而這似乎也不影響車內的大家；他們的目光都只聚焦一件事）。

這條路通往遠方的開闊地帶。會不會這一切只是幻象？隧道出口顯得呆板且不自然，伴著一點也不昏暗、明亮的太陽光線。在穿越的路途中，它看來就像是隧道的一部分。就像一個微縮幻燈片，顏色明亮、過度曝光，在他們面前投影在全然陰暗的平面，沒有這道光，就是一片漆黑了，看起來好似葉綠色澤閃爍，或是岩石鏽紅的邊緣。

有很長一個片刻，大家以為汽車不再前進，根本離不開原地。他們是否脫離了空間？頂多些微搖晃，好彰顯自身的存在？馬上都會過去的。怎樣過去？過去了。

奇怪的是，這樣的感覺，或說幻覺，卻隨著隧道口光點逐漸變大，而顯得更加強烈。這個色彩斑斕的光圈朝著他們移動，愈來愈大，你卻完全感受不到它在動。先是樹叢映入眼簾，而後也有草地，它們被明亮照耀，比真切存在還要真切，而且比真實生活中更大片。只是所有的一切都靜止不動。我在哪裡？我是否仍在那處？為何沒有人在隧道開車？前方也沒有來車？

前方的孔洞幾乎要占據整個畫面，就像一開始那樣靜止的斑斕。他想起史詩當中曾經用來指稱將死戰役的「邪惡段落」。此刻的景象實在太美。令他驚訝的是，像早上那樣加速前進竟然沒事。衝吧！

直到現在，汽車的輪胎才稍微轉向，以免被環境吞噬了。黃色岩壁在空間中推移，草地與樹葉往四方挪動，彷彿從魔咒中釋放，那魔咒也許根本沒那麼邪惡？因為打從離開隧道的那一刻起，樹木的移動更加自由了，包括最巨大的樹幹，都張狂地遠遠奔去，就這樣融進一整片樹林。街道突然變得有空間感，兩旁的岩壁也顯得立體；沒錯，岩壁給予剛剛抵達的人許多空間。

其中一人甚至開始拍手，彷彿飛機越洋降落在一個出其不意的美景之中，此地尤其振奮人心。離開隧道，嶄新的一天已經開始，或者得以開始，當然也要感謝這裡的隧道。多奇特的冒險。這也是屬於現代的冒險嗎？

無論如何，這個時刻，他們愈來愈靠近村莊的慶典，心情也準備好了。他們期待著。身為陌生人的司機也不例外；這位另外兩位根本沒有問過的第三人？

「是的，我也突然起了參加節慶的興致，好久沒有這種感覺了。」他繼續說：「開車出洞的時候，我也是第一次把詩人、奧運選手以及我自己想成一個整體——我們。即將發生的事，我們拭目以待。『我們』這樣一個詞彙，是後來的我時常無法想像的。」

至於外在環境，經過了汽車幾回兜轉，也許還有幾次閃爍，這嶄新的一天就又結束了。只要穿過隧道出口，你就能看見太陽底下的日常事物，如何熾熱地呈現。

其實暮色已然降臨。當然，這裡並沒有下過雨。天際很高，萬里無雲。奇特的是，這樣的景緻已經予人秋天之感，對，接近冬天了。是不是因為這片風景所在的地勢較高，是一座高原的緣故？

令人驚訝的是，這條路其實充滿了貨車與卡車，上面載滿木柴。鄉間路上的房舍稀疏，窗前與窗邊都堆滿了木柴，直到屋頂。

既然如此，街上所有這些工作用的車輛，究竟在做什麼呢？今天不是節慶假日嗎？當地甚至有個年度最盛大的特別節慶？

詩人不認得路，這在旅行中不是第一次了。他從來不曾開車到村莊去。

此外，他也忘了這座村莊的名字。他只知道那響亮的稱號只在於名字，而非地點本身。這個村名借用某個世界著名的都市，以此為名。或是相反地，那個相關聯的城市，往昔以此地為名，也許這個村名才是老字號？又或者，在這個世界上，有無數這樣的聚居區存在著，彼此互不往來，因為獨特的位置與風景，而使用同樣的名字。是因為他們有同樣的聖徒守護著，或只是因為發音，使得其中一個成為大家朗朗上口的地名？

「我孩子住的這個地方到底叫什麼？貝洛．荷里桑？亞力山卓？羅地？伯利恆？聖巴斯提安？聖地牙哥？阿帕賀港？我怎麼覺得甚至叫馬尼拉或是但澤都有可能！」

儘管詩人向這位行遍世界的運動員鉅細靡遺地描述了這個村莊，他曾經對這裡如此熟悉，可是運動員還是摸不著頭緒，說不出這個地方的名字。穿越這片寬闊、形狀相同的岩石景致，還有當中的每個聚居區，至少對於像運動員這樣的人來說，在當地僅登場一回的話，哪個地方看起來都一樣，隨著夜幕升起，每個地方看起來又更像了。更何況，詩人興致勃勃談起的這些小地方，運動員從前來參加比賽時可是一點也未曾留心。

他們經過許多地方，幾乎每個地名標誌很快地被點亮了。標誌顯示出著名地點的名稱，或是與知名的地名非常相似，以致你可能會感到混淆。這種告示牌一閃即逝，你無能獲得一個關於此地的滿意答案（就算經過的時間較長，你對該地依然一無所知），這時候詩人就會充滿歉疚地搖頭。

他們就這樣橫越聖昆廷、獅子城、聖多明哥、威尼斯、拉古薩、皮爾羅（原文如此！）、耶路札冷（原文如此！）、朗功、發邦、莊稼聚居區或是懷羅森塔、特洛乙、耶里裘、龐貝、聖賽普洛（聖墓）、蒙特里（柯尼斯堡）——雙語地名標誌——萊頓、貝特爾、達拉斯、魯斯特瑙、里本瑙、華帕拉索、波士頓……甚至有一次還駛經「塔克桑」的路標。（所以世界上至少有兩個塔克桑！）

前座的司機早就對這些地名見怪不怪，他既不減速，也不再轉過頭去問詩人，逕自往前開去；一路上，他任由左右兩旁的村莊留在原地，頭也不回地駛離，他開得愈來愈順暢，彷彿非常確定自己將去到哪裡。

事實上，他在抵達「聖昆汀」前的唯一停留，沒有人注意到他把縫進西裝口袋裡的信給抽了出來，他打開信，沒有閱讀，只是匆匆一瞥。裡面還有一張素描，大大地寫著目的地的名字，還有清楚的箭頭，標示出哪裡應該轉彎。

不知道這樣算不算可笑——這座村莊，無論以前怎樣，名叫「聖塔菲」，一個也許世界各洲都有上千個的地名（確定的是，甚至澳洲就有這樣一個地名，或是亞洲，在印度果阿，或是靠近澳門呢？）

當然他們也可以循著偶然傳來的慶典聲前進，或是尋覓傾瀉在原野與岩石上的光，那景色是如此渾然天成，當你停下來並且聆聽，即便是在遠處，也聽得見細微的聲響。而木柴車在下班後就消失了，後來他們才發現這附近的每個村莊，幾乎都在這天有自己的慶典要舉行；即便是僅兩三幢房屋的十字路口，旁邊也豎起一個帳篷，讓這些矮房置身陰影之中，帳篷裡面冒著煙、散著蒸氣，並發出跺地的聲響。

那位「司機」告訴我：「得跟大家說明，我們起初不只是停在這裡打聽，而是要一起參與、一起玩、一起唱歌跳舞——至少運動員與詩人是這樣。值得注意的是，這兩位據稱已經迷失的人物，遊玩得興致高昂——其中一位毫不遲疑地跳進舞池，卻不會引人側目，讓人覺得有生人闖入。另一位則理所當然地進到遊行隊伍中一起列隊，甚至抓住天篷的一根竿子，也不管那裡垂掛著聖母瑪利亞的小雕像。其中一個才剛下車，就跟著一起玩進行中的射飛鏢，還贏了一瓶酒。另一個則拿起沒人使用的樂器開始彈奏，過了一會兒，真正的樂手回來了，甚至為他鼓掌。奇特的是，兩人所做的事情似乎可以互換。這點我最佩服詩人。隨著他們的玩興，我幾乎早忘了自己跟這些人有關係。感覺好像我是我們當中唯一急著要趕到目的地的人。」

起初詩人並未認出「聖塔菲」，儘管此地位於陡峭的山脊，並且被兩條匯聚的河流沖刷著，跟這個地帶其他的屋舍相較，特別顯著。直到在下方那個頹敗、雜草叢生的火車站，他們的車頭燈照亮了一個橢圓形的搪瓷標誌，上面寫著當地的海平面高度——「地中海平面」以上幾乎一千公尺——他大喊：「這裡！我們到了。」接著卻陷入一陣驚異的沉默——這下他竟不知道路該怎麼走，才能見到他的舊情人與孩子，但也許沉默還有其他原因。

不，這裡不是村莊。這座城市，包括上城與下城，到處都在舉辦慶典。在市郊打開的那張手繪地圖，上面甚至有他們應該前往的街道與巷弄名稱。司機默默地拿給詩人看，信有些折損。詩人並不感到驚訝。

路上被問路的行人，沒有一個能回答他們。難道他們也是生人？不，但是這個故事所發生的期間，大部分的本地人，以及久居於此地的人，幾乎都不再認得路了，光是知道自己的小鄰里，也不足以全盤了解自己的城鎮。起初他們以為，所有被問路的人都是旅客，其實他們跟問路的人都一樣，來自同樣的國家。原因是這樣——只要搖下車窗，他們有時會聽見熟悉的德語，對，甚至是奧地利方言；外面的人大多齊聚成一大群，站在戶外熱烈慶祝著。但，不，在聖塔菲，大家使用的畢竟是完全不同的用語（兩位乘客跟路人攀談時，熱心於爭辯，好展現出自己是內行的）——還是因為距離的關係，所有的語言聽起來都有點相近？

在那一帶，大家打招呼的用語顯得國際化，而且往往讓說話的人錯置了自己的角色——如果外國人打招呼用「Hola」、「Buena noches」、「Adiós」、「Gracias」[5]，那麼他們就會收到這樣的回答，「Hallo」、「Hi」、「Guten Tag」[6]、「Tschüs」[7]、「Ciao」[8]、「You were welcome」、「Servus」[9]、「Auf Wiedersehen」[10]。同樣的道理，有家店的霓虹招牌寫著「莫札特」（電動遊樂場），另一家叫「提洛爾」[11]（不含早餐的民宿），第三家是「美茵茲」[12]（鋪上阿拉伯—安達盧西亞風格磁磚的夜店）。那裡的巷子很陡、陰暗、僅有肩寬，走進去也許就會被拉進某個可以打探消息的地方，像是「Gösser Bier」或「Hannen Alt」[13]，上面有廣告用語，同樣都是德語。

---

5 分別為西班牙語「你好」、「晚安」、「再見」、「謝謝」之意。

6 德語「日安、你好」之意。

7 德語「再見」之意。

8 義大利語「再見」之意。

9 南德與奧地利常用之「你好」。

10 德語「再見」之意。

11 提洛爾（Tirol），歐洲中部地區名，分屬奧地利與義大利兩國，曾屬奧匈帝國，主要說德語。

12 美茵茲（Mainz），德國中部城市。

13 分別為奧地利與德國的啤酒品牌。

他們離開過薩爾斯堡嗎？在歐洲那種冷冽燈光的照耀下，這裡隱約可見到光禿禿、垂直陡降的大片岩石，也許這裡的老城區，正可能是那地方的堡壘？但，不是的，他們是完全身在這裡，在獨一無二的聖塔菲這裡，遠離薩爾斯堡，遠離塔克桑，很遠很遠，你已經可以從不同的天際中感受到，尤其是每當夜裡，車窗敞開，夜風吹進來的時候。

「在遠方。」是誰決定了這樣的事情？是他們自身，心情、狀態、處境，然後是自身的歷史與故事，促使他們做出決定，一如我說過的那樣；事實是，他們知道彼此正一同前往一段故事。他們意識到，去經歷一段故事，一段共同的歷史，即使沒有從家裡動身出發，也同樣會帶來一種距離感？

過了許久，塔克桑的藥劑師問我：「有時候你會不會覺得，突然間，你偶然找到了一直尋求卻未果的東西？我在抵達聖塔菲的那個晚上，終於如願以償。我們在這座城市四處找路、前後徘徊之後，我突然意識到有人在等待我們；我不知道，我也無法表達出來；我只是在一時半刻之間就這樣衝過去，毫不猶豫，無論是被月亮指引，被奇異的星象或是單純被夜晚的風指引，我讓風在我們的臉上吹拂。由於聖塔菲這個名字可能在我的故事裡造成誤解、給人困擾。這時候，我想出了另一個名字——夜風之城。現在起，我想繼續以此命名。我們就這樣來到所尋覓的街道，並且很快就到了那幢屋子前。」

「我們到了！」詩人喊出來，他對司機不感到驚訝，彷彿是他幫忙指路的：「這是從牆上落下的磚，裡面始終有個小鳥鑽入的洞。」運動員在後面說：「對，沒錯，是藏在牆洞裡的麻雀小窩。」彷彿他是這個地區的專家，甚至在某條街上度過他的童年。

那條街位於何處、通向何方，在那個夜晚幾乎難以辨識。儘管它因為當地的慶典而被特別照亮，強光與鎂光燈大多從遠處開闊的房子或車庫那邊打過來，卻僅照亮了局部，使得街道長長的路面顯得更漆黑了。

起初，當你站在這幢有問題的屋子前，你感到刺眼目眩。司機預感街道末端還有一條更長的黑路，那邊再過去，就完全沒有燈光，路也到底了，它將轉向哪裡？無論如何，這裡並不位於上城，不像上城的周圍被打亮得像白天或者舞臺。

他感到自己的雙手與身上，都還留有出發之前在家裡的味道，他仍然可以分辨這些味道，說出名字並且描述——這是房間的味道，那是花園的，這氣味來自機場旁邊的森林，那則是地窖餐廳，這是邊界的河水，他游泳過後就留下這味道了。此刻，夜晚的風從街道盡頭的漆黑吹來，一種氣味飄過他的鼻子，一開始他當成是幸福的味道。他驚嘆著。後來他說：「有幾次我稱得上幸福的時候，身體總是飄飄然的。而懲罰則在腳後跟尾隨而至。」

他們三人用手遮著眼睛，在街上的慶典四處看。他們想拜訪的那戶人家，是那條街上唯一關著門的房子。屋裡看似有許多燈光交錯，其實只是來自外面的反光。否則，那幢房屋跟其他房子其實相同，長形、進門沒有高起的樓梯，它像木屋那樣低矮，灰白色的牆緊鄰左右林立的屋舍，與之連成一線。木柴燒火的炊煙永遠從煙囪冒出。門楣少了玻璃珠門簾與金屬綴飾，門上沒有門鈴。

詩人似乎不急著敲門進去。他彷彿想先在街上隆重登場，讓其他兩人擔任他的隨行人員。不過，雖說他在這裡住過幾年，可能在此地也算是個人物，卻已經沒人認出他來，不然就是忽略了他（就算他現在開始擺弄一番，也著實不怎麼顯眼）。至多是其中一個稍微驚訝了一下，卻不知道如何對待他。他也是，他已經不認得誰了。「大家應該都搬走了。」他說。有一次，他想跟從前的鄰居打聲招呼，後來鄰居的兒子出現，他上前自我介紹，並且談到自己、鄰居以及這條街的重要歷史。鄰居的兒子卻顯得陌生，彷彿眼前這位只是陌生人。

「已經沒有故事流傳了。」他說。接著又遇到同樣的狀況，他誤以為某人是從前的女鄰居，結果那人其實是鄰居的孫女。「我身在怎樣的時代？我是否迷失在時間裡了？」

慶典大街上沒人認出這位昔日的奧運英雄，原因很明顯——就算有人對他似曾相識，過去的印象也跟現在的畫面連不起來，這位奧運金牌選手的外表經過四分之一世紀，已經完全變了——臉上沒有一絲輪廓跟從前一樣，彷彿經歷了一場手術，雖然事實不是如此。不只是膚色，連他的眼珠顏色也都變了，因此要是有人認出他來，就會非常震驚，他假裝自己一點也不驚訝，說：「不會吧？是您！我的老天！」這種呼喚，滑雪明星其實已經在家鄉聽過不下幾回。不過在這裡，自然是沒有機會聽見，也沒有被認出的危險了。

三人當中唯一在人群中不只一次被攀談的，是走在最後面的那位，也就是他們的司機，他的身體被前面兩位的影子遮蔽了一半。

「前陣子你不是才上過電視，在一個西方的電視台！」——「我認得你——那款不知道治什麼病的藥，就是你找到的。」——「嗨！是什麼把你送來這個不毛之地的？這裡那麼遺世獨立，你還來到我們山邊最偏遠的地方？」他沒有回答，假裝聽不懂他們的語言，便能繼續掩飾自己說不出話的事實。詩人與運動員在旁幫忙釐清狀況，當他的護衛、翻譯與發言人。

在這條長街上，每走幾步路，就可以轉進一條正在舉行慶典的街道，街上大多數的人不僅有各自的事情要忙，同時也充當慶典的明星。這對戶外的許多年輕人而言，幾乎是約定俗成的現象，你會看見他們盡情展現自己、甚至充滿愉悅，時而感到喜悅與愜意。詩人眼見年輕人昂首闊步，其他人只能悄悄從旁邊擠過去，於是有感而發：「四海之內都像家。」他也見到一對情人，他們互望對方，在彼此的眼睛裡尋找倒影，一旦找到了，他倆就愈來愈親暱，對彼此加倍、三倍溫柔；或者他看見有人站在就要暗下的天色之中，讓自己的手臂或者夜晚的風環抱自我。

詩人開始評論：「水仙愛上了自己的倒影，根本是錯誤的說法。恰恰相反，他因為太愛這個世界，才導致了才華或詛咒。他的出生與成長，都充滿慈愛與溫柔，對萬物，乃至於各種現象，小至指尖，大至最遠的宇宙，皆是如此。年輕的水仙美少年，集戀慕與喜愛於一身，他夢想著張開手臂、擁抱這世界，除此之外別無其他。然而這世界，至少是人類的世界並不允許他這樣，世界避開他，不回應給他愛的目光。他對存在的驚嘆、對已知與未知事物的傾心，無處可依歸。因此，隨著時間過去，他必須在自己的內在找到依歸。水仙美男子，這位熱愛世界的人，也因而只有與自己緊緊相繫，終至自毀。無論如何這是好的，這樣更好——他其實也可以是其他樣子，例如征服世界者、戰無不勝之人、外交家、社會理論家、傳道者、上帝的禍害、先知、宗教創立者、國家或世界詩人。」——「你得要知道自己在說什麼。」奧運贏家回答他。——「我知道。」詩人說。「那些美麗的、典範的、有用的，甚至是不朽的事物，我從來都不用努力去創造。也許終究那樣才是對的。然而最重要的是，我永遠只想做好的事情。對，做好事。只是我意識到時已經太晚了。」

今晚的主角，不只有在慶典街道上的青年們。野外有許多營火點燃，在其中一團篝火旁邊，有個嬰孩坐在推車裡，他剛剛學會坐，並且對著前方正在烤羔羊的大人們打手勢，然後開始吼叫，彷彿他主管著這個地方，同時也張望周圍的人以尋求關注，想看看他們是否對他讚嘆不已。神父站在街邊教堂前等待前來參加慶典的訪客，那教堂只比一般房子大一點，入口處沒有階梯，因此他就站在一塊搬過來的石頭上，審視每個經過的人，尤其是走進教堂的人，他看得更仔細，彷彿自己是當地的巡警。一位更老的、患痲瘋病的男人，這裡還有這樣的人？對！——他的臉上幾乎找不到鼻子、嘴唇與耳朵，他站在街上最亮的位置，原本替樂團打的鎂光燈落在他身上，人卻還沒來，他轉過頭想找人說話，不只為了對話，而是作為無臉之人，想抒發由罵人的話組成的長篇大論。他的臉部輪廓非常模糊，眼神卻顯得更為銳利，年輕的眼睛清晰地閃爍。在鎂光燈下，有個非常老的瘋女人在他身旁跳舞，她的臉上揚、面向夜空，夜空下，每個試圖忽略她的人，她就以最睥睨的眼神看他們，以示懲罰。

他們就這樣走到街道的盡頭。這條路再過去是如何、有著什麼，都因為牆上燈光太強而難以辨識。此刻還響起了教堂最後提醒彌撒的鐘聲，像錘打在食品罐頭上的聲音，隨著擊敲，街上人群散去，顯得空蕩蕩，只剩零星的消防值班人員。

在這樣的渦流之中，陌生人也魚貫進入教堂參加主日崇拜。神父穿著禮袍，在小小的祭壇前，他晃動足尖，似乎準備好戰鬥，他已經等待他們多時。神父逐一看過每個進來的人，他驚訝地發現，這座點燃了上千支蠟燭的教堂，空間變得狹隘，許多訪客依然找到位置站立。突然，他們從神父身上感受到誠摯歡迎的眼神。

彌撒期間，街上的人們似乎也發生某種變化，或者說，每個人都失去了他們的個性，從而不再那麼顯眼，這種情況維持很長一段時間。一幅畫掛在祭壇之上，顯然是為了紀念聖母升天而繪製、掛上的，畫中唯一可見的聖母瑪利亞只有下方的赤腳，像農婦的腳那般黑，以及上方一雙仰望的眼睛，畫面穿插著大色塊的彩色雲朵，對業餘畫家來說，這樣畫大概比畫整個瑪利亞的身軀容易得多。

在教堂裡，詩人跟其他人一樣，上前領取聖餐，運動員跟在他身後，照著他的動作。第三個人終於得空閱讀那封塞給他的信。信寫著：「你不該盛怒把兒子趕走。你的額頭上面有個懲罰的記號，你會因此死掉的。對，雖然已經切掉部分，但我知道會長回來的。

如果我必須揍你十次。對，我必須。因為這樣我也很痛。祝你在聖塔菲草原邊上有個美好的夜晚！」

彌撒過後，他繼續待在教堂一段時間。兩位同行者在外面尋找詩人的孩子。儘管周圍有蠟燭與焚香的氣氛，各種烤肉形成的煙霧也從街上飄來，但晚風從遠方吹來的其他氣味更顯強烈。「我仔細聆聽，彷彿氣味與聆聽是有關係的！」他說。同時他望向兩個年輕女人，她們站在教堂中透亮的一角，身旁是死去的神之子雕像。

雕像幾乎是赤裸的，真實的大小，各種生活的色彩，還上了釉，好讓耶穌身體雕像精緻的細部有了額外的光輝。兩個女孩彎下腰，面對這栩栩如生的身體，開始從頭到腳親吻著。在這吹著晚風的地帶，這是稀鬆平常的事。她們的動作輕柔，祈禱的雙手壓在胸前，嘴唇幾乎沒有碰到雕像的額頭、眼睛、嘴巴等。只有在最後，當她們起身，再看一下躺在面前的這個雕像，其中一位迅速用手撫過死者的臀部，指尖滑過它的曲線，她注視另一個女孩，她也回看著她，突然間，兩人形體神似，高挑的眉毛，緊閉的雙唇微笑著，那是知情者與共謀者的微笑——若死去的上帝在她們雙手的撫觸之下驚醒，她們也不會驚訝。

外面有個看臺，為了露天慶典的皇后、女士與侍者而設。他也看見他的乘客在那裡。

宮廷隊伍現身之前，氣氛愈來愈寂靜，詩人又開始說起話來，像自言自語，好像他知道司機在想什麼，好像他一起讀過那封恐嚇司機的信。他大概說了這樣的話：「男人跟女人之間近來產生了敵意。今日的男女關係土崩瓦解，毫無例外。譬如我已經很久沒有敵人了——這件事情早已毫無疑問——但如果有，那就是個女人。我們不只將不再被愛，甚至還會被鬥。要是愛情上場了，那麼就只會引發戰爭。那個愛你的女人遲早會對你失望，而且你永遠不會知道為什麼。她會看穿你，一如她說的那樣，但卻不會說出她究竟看穿了你的哪個部分。而且她一刻也不會讓你忘記自己已被看穿。因為同時她也不會放過你，無論如何，跟之前做愛時相較，她是更加不會放過你的。她一直都在，因此你也擺脫不了她看見你壞的一面。當然你不會把自己想成是喜歡欺騙、說謊的玩家，在關係開始的時候，你總想當個好男人。但是你被迫去看這一切——在她的眼中，用她的眼光，現在起她不會放你走，而你不管做了什麼或沒做什麼，她都會據此給予負評，據此失望透頂。做你想做的——反正你就是被看穿的那個人。再也沒有什麼會使那個女人對你感到驚訝。即使你幫她實現她生命中最私密的夢想願望，她也只會抬眼看你一下。如果你為她死，她會繼續彎著腰待在你身邊，甚至阻止你在生命最後時刻看看其他的東西。是的，今日打從一開始等待著男人與女人的，是恨。兩性之間的許多不潔與髒汙，今日尤甚。不做髒事的人，就是笨蛋。也許一直都是這樣的。但若是如此，也從來都不會那麼公然與赤裸。是不是我們從前都在忍耐？或許現在比較好嗎？無論如何，通常都是這樣，不是只發生在你我身上。所有的伴侶，無論是兩情繾綣的年輕人，或是德高望重的老年人，生活處境不同，卻都會突然爆發爭吵，今天也不例外，真的爆發了一回，就算這件事情在後來被掩飾了，它打從一開始，就在男女之間被鋪陳了，至少在我們這個時代。既然如此，最好初次相遇時就互揍對方，不然呢？不要深邃的眼神，不要臉色泛紅或發白，不要有心上的刺，乾脆就來好好打一架，不然呢？到底為何摩登男女都完全不讓對方安寧？至少一段時間也好。至少我會讓自己很長一段時間保持安寧。」

他們坐在戶外其中一張長桌，與街上的當地居民一同歡宴。對面看臺上的宮廷演出終於揭開序幕。表演者都非常年輕，其中幾位，他們先前已經在臺下見過，獨自站在那裡。那些深色的服裝讓青年男女先前的習氣消失殆盡，顯得非常自然，但也不只是服裝的緣故。他們現在的樣貌，他們聚在一起的樣子，就是他們真實的樣子。他們在臺上並不體現任何角色；他們不需要擺出姿態。他們全是天生高貴的女人與男人，不管他們所屬的姓氏為何。造就了他們的不是長袍、王冠或扇子，而是他們各自舉手投足、讓人觀看的方式。

這種無所拘束的高貴，也渲染了觀眾。尤其是皇后這個角色，她可以不動聲色，就把街上的人聚合成一個群體。這位年輕女人有獨特的美麗，節慶之外的她，大概還是青春期的少女，甚至還是個孩子吧。她的美並不是誘惑、使人激動的那種。縱使激動，也是那種撼動人心的，使人霎時想起某些無以名之的事物，只有到了此時此刻才能明白。這位女孩扮成的皇后，流瀉出一種美麗，感動著臺下的每個人，彷彿這孩子是他們親近的、最親暱的家人。

其中一位觀眾竟然也把自己當成這樣的一位親人。樂團在宮廷隨從的腳邊吹奏小號與單簧管時，司機聽見一個完全陌生的聲音在他身旁響起，呼喊某個他聽不懂的名字。詩人在喊他女兒的名字嗎？第一次見面的女兒？他朝著她的方向吼叫，說他是她的父親，那簡直是尖叫：「我來了，我，妳父親。」又說：「我是她父親！」他朝眾人說話，大家則環顧著他。

皇后轉向他，臉上依舊掛著面對大眾的表情。某個片刻，她掩不住內心的喜悅，儘管是那麼短促，那喜悅卻彷彿擁有了時間，蔓延到她的整張臉，那將使她成為慶典最美的風景。

藥劑師跟我說：「但事情並不是這樣。那位少女受到了驚嚇，突然間變得醜陋。表面上她仍看著她的父親，然而她。我得很快地講一下——剛好有些警察出現了。他們在眾目睽睽下逮捕了皇后。他們帶走她的時候，她轉過頭尋找父親的身影。他拋下身邊的一切，往她的方向奔去，運動員陪著他一起。詩人與他的朋友出示證件之後，他們三人便上了警車一起離去。我一個人坐在那裡，一動也不動。」

「然後呢？女孩的母親難道不在附近？詩人的舊情人？」我問。

「她不在。」

「她死了嗎？」

「我的故事沒有人會死。有時就是會發生悲傷甚至絕望的事情。但絕不會有人死去。」塔克桑的藥劑師回答。

「所以她發生了什麼事？」

「您是不是忘了？讓事情隨風而逝，讓皇后的母親也隨風而逝，別追究了——女孩被帶走時，為何我會一動也不動地坐在那裡，這個原因我會說明白。這種場面，我跟我兒子經歷過一次了。憲兵走進我家，把我兒子的手臂扭到背後，押走了他。他也是回頭望著我，就像詩人的女兒那樣。直到今天，我都不明白為何她會被逮捕。但我兒子是小偷。我的意思是，他第一次被捕，就是因為模仿了他同學為了好玩的偷竊行為。他其實不算邊緣人，但是在他的同儕之中，大家累積彼此認同的經驗，他總敬陪末座、意興闌珊，顯然缺乏信念或快樂，這樣實在很難被團體接納。那時候有人打電話給我，要我去警局接他。眼下他只被告誡，可能要在少年感化院接受教育輔導。在警局前的街上，我一把抱住我兒子。其他時候如果我這麼做，我總會感到他的反抗，但那次沒有。我們都哭了。但接著我打了他，用力往他的臉上打。我無法解釋為什麼，也許是所有違法之事當中，最讓我厭惡的，就是偷竊了。順手牽羊，光是那姿勢就讓我憎惡——黏黏的手指，把東西塞進口袋或夾克裡。就算是發生一次的偶犯，行竊時的表情和抽蓄也令我反感。如果成了職業小偷，大概是不動聲色了，這也讓我感到憎惡，彷彿使我見證了極其不自然的行為。另一方面，我跟我兒子之間，從來沒有像在警局那一刻，有那樣強烈的緊密聯繫。後來他消失不見，我自己居然行竊了一回，我在某個地方偷了一條小小的口香糖，還是一支鉛筆，忘了。就是這樣！可是這樣也沒辦法把他送回我身邊。」

接下來的狂歡節，他都坐在那裡，日日夜夜，像現在也是，他正坐在那裡，跟我說他的故事。還有一些事情發生——其中一位樂手在那天夜裡在各桌之間移動，他認出那是他的兒子。

儘管皇后被逮捕，慶典還是得繼續，最好的辦法就是在驚恐的時刻過後，趕緊用音樂來彌補。（中場時刻，警車最後一道門關上，一溜煙消失，小號初試啼聲，戶外的人群無不面面相覷，他們剛剛一同經歷了令人驚恐的事，顯出此前或此後都沒有過的團結。）

這是一個演奏多種樂器的樂團，沒有歌手，大部分是吉普賽人，似乎全來自同一個家族或氏族。但也有一些不是吉普賽人，金髮、白皮膚，我們看得見、聽得見，他們是家族的一部分。他們幾乎只吹管樂器，而且是較為短小的那種，小號就像豎笛那樣短。因此樂聲彷若一道強而有力且短促的轟鳴，齊奏的節奏有些吞吞吐吐，使人聽來不受拘束、充滿自信，像讚美詩。吞吞吐吐的讚美詩？對。

在場唯一一個其他種類的樂器是手風琴，每每樂手往外拉開，就是引人注目的焦點，但只有當它獨奏的時候，大家才能聽清楚，與其他樂器如小號與豎笛等的節奏相較，它所流洩出的片段，是格外真摯的旋律。按下這只手風琴琴鍵的，是他的兒子。他是這群樂手當中少數的生人，他也是最可能有自己家族的人。

塔克桑的藥劑師說：「這不只是我的偏見，很長一段時間，我遇到吉普賽人就不安。這大概不值得一提，年少時我聽說他們的傳聞，整個人甚至陷進去了。後來幾年，我開始四處漫遊與旅行，曾經多次被襲擊與搶劫，幾乎每次都是吉普賽人做的。我也跟我兒子講過，見到這個族群，即使距離遙遠，即使只是最年幼的孩子或嬰兒，此景並不會害我開始仇恨，而是讓我陷入恐慌——我馬上又感覺到腹部被刺了一把刀，許多雙手在我的襯衫底下游移，戳進我的腋窩。」

現在他卻見到自己的兒子與吉普賽人為伍，他不只跟他們穿得一樣，連表情也都一樣。他不知道該怎麼形容，不能說是「狡詐」，也不是「不安定」，最好的說法應該是「人在那裡卻又不在」，一種難以接近的感覺。

兒子演奏時也看著他的父親，神情幾近友善，卻不過度專注於父親，他跟其他所有的樂團成員一樣友善，他們吹奏的小號在夜空輕輕上揚，與樸素的手風琴相較，發出更為強烈的光輝。

父親連向他招手都無能為力。於是他就這樣待在那裡日日夜夜，直到慶典結束。樂手們去了下一桌，在街上圍成一圈，他們列隊走去，前往下一個日出或日落，在不同的光線照耀下，小號隨之折射出不同光芒，他們又從他身邊走過，兒子依舊友善，手持手風琴，絲毫沒有倦意。

慶典的第一晚，又發生了一些事。分水嶺泉源的女人，那位寡婦，所謂的勝利者，他寧可說她是揍人跟丟石頭的女人，她居然出現在長桌邊，一個瞬間就從黑暗中出現了。他想後退幾步躲開她，不是害怕，而是驚喜，但是卻一點也動不了。她什麼也不做，只跟在他旁邊走來走去好長一段時間，她的臉湊近他的，僅距離一個手掌寬，她什麼話也不說，睜著大眼睛，彷彿要他離開。

在某個時刻，他終於設法向她打聲招呼、對她微笑。但她沒接受，只在這男人身邊繞完最後一圈，然後像從前那樣回眸一望，之後便消失無蹤。

他在慶典期間究竟有沒有睡覺？他的記憶說——沒有。他已經醒著幾天幾夜；這種狀態一直是他所渴望的，作為一種經驗，或說一種可能的轉捩點。另一方面，這段時間他開始幻想自己是如何在旅館房間裡醒來，街上有一間「波薩達旅館」，就在教堂旁邊，就在那短暫的瞬間，那位陌生的女人就這樣躺在他那張狹窄的床上，背對著他。

可以確定的是，詩人與奧運英雄很快地回到慶典現場，恢復自由的慶典皇后站在他們中央，接著大家像藥劑師一樣久久沉默不語。（詩人這才注意到，司機在這段時間從未說過一句話。）

「我最後一次看見我兒子時，他正與那位年輕的慶典皇后跳舞。」塔克桑的藥劑師跟我說：「儘管這一切發生的事，儘管我兒子很快消失了，我一點也不會不高興，我從未想過要去其他地方。就是這樣！我這樣想著。重要的是在外面吹著晚風，跟其他人一起，跟這些人，一段時間過後，再看看接下來會發生什麼事。」

第三章

告訴我這個故事的人，直到慶典結束，都還長久待在那個國家。這段時間，塔克桑的生意，他就讓兩名員工，也就是那對母子來經營；他們是內戰的難民，熟悉治療身體病痛以及更多其他藥品，他們知道衡量正確的量與比例，尤其是當顧客出現在他們面前時，這對母子能夠感受到他們的病痛，有些人的症狀一下子就被驅散了。

他先是住在下城街上的旅館。這條街在第一道日光照耀之下變得清晰，通往一座充滿砂礫與岩石、看來光禿禿的草原延伸而去。從旅館的窗戶望出去，草原看來並非完全平坦，而有些高低起伏，微微隆起的小山丘連綿不絕，直到遠方的天際線。目光所見，皆一片空寂，除了草原後方的那一片，有大大小小的屋舍，雜亂無章地排列，在這長長的岩塊上，房屋的稜線構成了上城的景致以及下城的局部模樣。整座城市的周圍，目光所及皆為荒蕪之地，這座城市看起來是經過縝密規畫、獨立發展的，而不像周邊其他地區，幾乎難以抵達。

然而這片不毛之地，在故事發生的時代，一天還是有火車經過幾回，還是那嘟嘟的聲音來自拖車？儘管這裡沒有機場，布滿天空的，卻不只有鳥類——肯定有一條航線經過這一帶，只是不常被使用，一天大概可見兩三次飛機雲，讓你知道自己並不與外面的世界完全隔絕。這些飛機雲在高聳的天際，深邃地在湛藍的天空裡，或埋得更深，甚至超出天際。如果我們例外地看見那架飛機突然劃過天際，或一時聽見了飛機的聲音，從最遠的大氣層發出細緻的聲響，站在底下的人會明顯感受到這架飛機已經飛過數千哩，很久以前就從另一個完全不同的國度起飛，並且還會在同樣的高度中航行許久。

這間旅館同時也是這片草原街上的酒吧，經營者是一名年輕女孩，也就是慶典那幾天演出的皇后。旅館與酒吧其實由她的母親所有，但這段時間她都不在，跟我說故事的人告訴我，如果哪個讀者真的需要一個解釋，那麼我可以補充——她也許是去找舊情人，啟程出發，要給他驚喜，她在這一帶亂晃，就像詩人在她家附近亂晃那樣，他們錯過了彼此。

店裡只有一個女孩，她獨當一面頗有困難。當然，會有困難，一定是之前經濟就有狀況了。許多東西不是壞了，就是不能用，很久以前就這樣了，也少了很多東西——都消失了嗎？還是從來都不存在？其中一個房間的洗手臺沒有出水口，另一個房間則直接讓水流到地上。沒有一張床夠長。（除非是因為這一帶有不少侏儒，難道旅館是為了他們而開的？）而房間也太小了，根本無法走動，頂多走一步還算可以——從門口走向床邊，或走向窗邊，同樣的一步路；至於床與窗戶、床與洗手臺，洗手臺與窗邊之間，距離根本不到一步——或者其實也不需要？

隨著日子過去，他漸漸習慣這樣窄小的居住與睡眠空間，最後竟喜歡上了；他睡覺往往是深眠，睡得香甜、一夜無夢——這對他來說是罕見的。當他整天都坐在那裡，尤其是早晨（在這裡基本上什麼也不能做），他只是靜默，身邊的一些東西伸手可及，他有時蹲一下，用這個姿勢讓身體忙碌一下，也許有所益處。

比較不適應的是門沒有鑰匙，旅館大門或內部門閂都沒有。他希望至少能把自己關起來一陣子，可是就連關在廁所也不可能。有幾扇窗戶還被打破了。高度到小腿的大門門檻已然腐壞，有部分已經坍塌。屋頂還沒破，但落下的磚塊層層疊疊，沉甸甸地壓著，磚塊之所以落在這裡，不是因為晚風，而是暴風。從草原吹來的許多東西，黏著吹來的沙子，經年累月累積，阻塞了屋簷的排水，使得這一帶豐沛的露水在屋簷無路可出。而應該放在戶外每個窗邊的高地木柴，則雜亂無章地堆放後院，有些也堆在旅館廚房。

然而，這幢屋子無論大大小小之處，都有些高貴——石頭砌的牆、花崗岩上微藍的光；屋內的牆壁並不平坦，各處都些微膨脹了起來，呈現波浪狀，與視線齊平的高度，皆鑲嵌了小瓷磚。一只塑膠杯旁邊，有燻黑的銀湯匙；填充的狼玩偶與高高的窄形鐵爐，在這仲夏時節，漆黑的旅館一角始終有柴火熊熊燒著，那光從古老的爐火門透出來，折射到狼的玻璃眼珠上。桌上足球遊戲臺上的人偶，大多沒了頭與腳，旁邊的玻璃櫃則擺著一套阿拉伯式婚紗禮服。旅館浴室是除了酒吧之外唯一比較大的空間，門把、浴缸的腳、水晶浴巾架、合成木門，浴缸的材質則近似罐頭的某種合金。整根水晶浴巾架呈現星形，從瓷磚牆上挺立出來；一條小手巾晾在上面，即便是溼的，依舊顯得僵硬。

露天慶典期間，他們三人忙著跟其他人社交。有一回，午夜過後許久，一群公牛從草原過來，被趕過街，有幾隻年紀尚輕，尚未受過戰鬥的訓練，但幾乎已經長出成熟的角。大家以為自己可以跑在牠們前面，於是沒有人留在自己的座位上（還是真的有個人沒去奔牛？）。有一次，在慶典的第八日，也就是人稱「馬鞭草日」的最後一天，有個遊行沉默進行著——他們的胸前懷抱著聖者雕像，隊伍的三個罩篷之下，分別是慣於在街上生活的獵人、定居在街上的棋手、以及至聖所……他們在草原上走著，形成一個圓弧，走到遠方，直到寒鴉與喜鵲的叫聲被老鷹與禿鷹取代。當他們返回市街，每個人無不沾染塵土，直到及膝之處，而他們的禮服則沾滿了薊刺。

慶典的某一天，同時也是日蝕，發生的第一刻，月亮以矯捷的身姿漸漸遮蔽太陽，又像太陽被齧咬一口；慶典結束後，這景象彷彿底片，在許多人的視網膜暫留視覺，久久揮之不去。

接著，就到了在旅館幫女孩忙的時刻（女孩在這裡還是有著些許皇后的氣質）。草原外圍的街道上，原本有不少角落擺著聖母升天節的桌子，如今回復到原先的工作環境。消失在下水道的工人，如今出現在宮廷舞臺之上，原來樂隊聚集的地方——定點演奏使他們不需要在街上來回遊蕩——鋪路的工作在此繼續，往草原的方向鋪去；大門敞開的教堂，經過白色粉刷煥然一新，管風琴聲不再，取而代之的是粉刷工人的收音機廣播。尤其是工人離開去吃飯，工具被晾在一旁的時候，真令人想拿起他們的鏟子、鐵鎚、水管與推車，自顧自地幫忙起來。

這三人也真的以這樣的方式開始工作。遠處一位鋪路工在鋪平地面的當下，開玩笑地將一把鐵絲刷丟到他們三人的腳邊。其中一人彎下腰去撿，開始擦起旅館外牆，起初像在玩耍或嘗試，之後一路認真嚴肅下去，沒有停歇。他們在這幢房屋工作了一個星期那麼長，以這樣或那樣的方式，譬如三人其中一位，在街道某處撿到一只廢棄水平儀，也就這樣拿來工作了。

旅館的玻璃陳列櫃裡，擺放著大禮帽與軍官帽，旁邊則是當地時興的工作服。在酒吧工作的女孩把這些服裝遞給他們，其中一位穿藍色工作服勞動，另一位則穿白色。幾天之後，他們跟街上也許都稱得上專業的工人們幾乎沒有兩樣了。他們的頭髮幾乎無法梳開，腳步沉重、褲子鬆垮，不受拘束的高聲漫談，就像蓋屋頂的工人一樣，特別是屋脊上的人如果要跟地面上的人溝通，大聲也是必要的。

他們有時候會與另一群人到唯一開放的泉邊喝水，那裡的地勢有些陡，水管從一面牆上突出來，汩汩流出山泉水。他們躺在整條街唯一一棵樹下午休，與砌牆、鋪路的工人一起在樹下唯一一塊草坪上伸展身體——然而，誰是誰？——沒有任何人交談。

唯一做得心不在焉的，是那位詩人。就算他的身體跟其他人一樣勞動著，卻顯得有些偽裝。他並沒有顯得漫不經心、笨手笨腳，或是悄悄溜掉——相反地，人家要他做什麼他立刻就做。他的行為總有些隨意，即使非常累，他還是不跟其他人聚一起喘口氣，而是自行脫隊，離開大家與三人的圈圈，到一旁休息。這時，當地的工人才感覺到，原來他真實的一面完全是另一個樣子，他根本不是真正修復門檻與油漆百葉窗的工人。不，這更像是一種對他的懷疑。

「你表裡不一，也沒有什麼價值。」一直到他當起廚師時，大家才又相信他是一名可以信賴的勞工。起初他只是為女兒做飯，後來變成給街上泉邊歇息的人供應精緻點心。大家一見到他就高興，因此他也格外專注，剁骨頭、抹麵粉，或者拔羽毛的時候，火爐就算冰冷，他的身體依然發熱。

至於昔日的運動明星、被遺忘的奧運金牌選手與世界冠軍，他其實也不遑多讓，在老舊旅館各種重要的工作中展現出令人吃驚的一面。可想而知，他在出名的階段短暫富裕過一時，對各種旅館、民宿與酒吧都有所涉獵，也擁有過幾間這樣的房產，雖然過沒多久，他就成為人家口中那位「匆匆逃難的經營者」。但是誰會想得到這樣一位滑雪世界冠軍能這麼樂在其中，忙著修補、整理、打掃、擦亮餐桌，而且還是為其他的陌生人付出？除了這些粗重的工作，他們三人當中，只有他一人低調擔任計畫、供應者與買辦方，而他也熱情面對這些人們稱之為「服務」的工作。這段時間，他在波薩達旅館幫忙人家鋪床，幫他們擦鞋，旅館中所有可以熨燙的，他都熨了一遍，採買、縫紉、補丁，永遠簡潔快速。要是他今天不是奧運金牌勝利者或生意人，那麼就會是個熱情的照料者，至少在這家旅館是這樣。每當他為某個人端上一杯飲料時，臉上就泛著光芒。你也可以想像他年輕時站在奧運金牌頒獎臺上的模樣。

總之，這位運動老將用這樣的方式換了一張新面孔。怎樣的面貌呢？這會讓你終於有機會叫出他的名字：「嘿，阿封索！嘿，阿封索！」終於不會無法說出口了。對此他只說：「對，我得工作。這份工作就是我的假期，我的休閒時間。我還不曾有過那麼多的閒暇。應該拿來好好工作。」

在這樣的幹勁當中，你有時會發現他臉上的表情在短暫凝止的片刻中，彷彿被絕望打擊了：「不，我迷失了。沒人可以救我。」同時，從旅館大門看出去，鋪路工人在煙霧與火堆後方，顯得身形扭曲。「要是我能站在這樣的火堆旁，那該多好！」

說故事的人能待在另外兩位身邊，主要得仰賴這種群體工作。修繕工作一結束，運動員跟詩人就會不知去向，消失在他的視線內。其中一個原因也包括詩人搬離了旅館，去到城裡，聖塔菲的市中心（他的夥伴總是尾隨他，一起離去）。這段時間，他女兒消失了，據說是跟著慶典樂手跑了。是的，慶典就算結束了，整條街依然可以聞見慶典的氣味。

說故事的人就這樣讓他兒子默默離開了，對，那位手風琴手——如果確實是他的話。「這樣是對的。」他說。父子終究是要分道揚鑣的。這次時機來了，也許不是壞事，不是嗎？無論如何，我就這麼不小心成為熱帶草原一帶邊境旅館的唯一住客。

在這裡，他開始尋找那位被稱為「勝利者」的女人。他會不會害怕她？那晚的夜鬥，女人揮拳在他身上所造成的傷口，至今沒有完全痊癒，那是單方面的打鬥。尤其是額頭，他之前切除一個疣的地方，竟然毫無理由地開始流血不止。對，當時他在薩爾斯堡機場附近的森林邊緣——「當時？」對，他如此心想——那塊地方也曾被不知哪來的力量擊中。

但他想要，也必須找到那女人，就算代價是頭部遭受第三次撞擊。他第一次感到著了火般：「也許那份熱情更多不在目標，而在於循跡尋找。」女人在那次暴行中不慎扯掉了一片指甲。早晨，他在山間小屋從地上撿起指甲，那片指甲對他來說，與其說是不祥的預兆，倒不如說是一條線索。他一面觀察，更加強烈感受到——她就在附近。

然而她的行跡變得難以察覺。有一次在草原邊緣，有個東西擊中他的頭，是一顆蘋果，但樹在哪裡？沒有人——但是誰丟的呢？——方圓之外都沒有人——接著他遠遠地看見一隻烏鴉，那顆果實大概是在晴朗的天空下，從牠的喙掉出來。

外人難以察覺他在尋找。他繼續穿著實用且好看的藍色工作服，在草原上的這座城市中，其實一點也不顯眼，這座城市並不大，只是腹地較廣。而他的動作、表情與目光，也比較像是一個從工作地點趕往另一個地方的人。他不東張西望，也沒有停下腳步。但他的內心時常沒有跟上自己正在做的事情：「正是因為她讓我感受到過強的力量，所以我也能在腳步的挪移當中忘掉她。我尋找這個女人是如此迫切且意義重大，一時之間，我已經無能把她放進我的意識中，在接下來的路途中，我完全忘記了她，並且開始想其他一樣重要的事情！有時候，當你充滿感激，就會忘記去道謝。」

他連日在聖塔菲遊走穿越，大多待在下城，熱帶草原這一帶的天候頗為極端，彷彿在告訴他：「很熱！」

只有幾次，他沿著小徑往上，來到古老的岩壁區，這裡仍然是中心地帶。他通常只在傍晚上去，上面與下面形成對比，傍晚時分，在這高處的位子漸漸空下，可以感受到徐徐吹來的晚風，那是與下城截然不同的力量。站在最高、最空曠的位置，站在懸崖邊緣，風從漆黑之處吹來，他的臉龐、髮根、記憶以及天知道還有什麼，全被洗滌。「我愛夜晚的風，跟我志同道合的人們在哪呢？」他心有所感，卻不多言。

在這樣的晚風中，他習慣繼續思考，能夠變得緘默，他覺得這樣很好。他不能再說話，這樣很好。他不必再張開嘴巴。多自由！而且簡直太理想了！創立一個黨派，甚至一個宗教吧——靜默黨，靜默教？不，還是獨自一人吧。靜默、自由、終於獨處，讓它們就保持原本的模樣吧——獨處。

在另一個晚風吹拂的時刻，又有東西擊中他的頭，至少他是這樣感受的——事實上是一隻老鼠的皮毛撫過；一隻貓頭鷹吐出了這隻老鼠，剛剛牠在斷垣殘壁間嚥下其他獵物。

一整天，他都毫無例外地待在懸崖腳下。「懸崖腳下」並非是城市從那裡開始延伸至平原。兩條在此匯流的河，在遠方的地勢突然高起，但依然平坦許多，然後又陡降，就這樣一路流進充滿岩石的草原。

許多岩壁、裂縫、河流與小溪的溝壑，讓整座城市有了不尋常的回聲效果。不只是增強了聲響，這些聲音也使人不斷地迷失方向，即便是往上或往下，都混淆不清了。遠處與近處同樣難以分別。尤其是在早晨，無論遠近，只有寥寥數人早起——睡得晚似乎是鄉下的習慣——就在他的旅館窗戶下方，有兩個聲音正肆無忌憚地聊著，當他把頭伸出窗外，卻發現沒有人，街上一個人影也沒有，直到外面草原，才看見兩個黑點一般的人影手舞足蹈地聊著，他們說的每一句話，都在他小小的房間裡清楚地發出回聲。

或是在最深、最寂靜的夜晚，除了貓頭鷹單調的叫聲之外，就沒有其他聲音了？是從底下傳來的，還是上面？從一條河流的狹窄處出發，也就是位於草原上唯一較大的那座花園上，沿著零星的河道，幾隻忠心耿耿的看門狗對著空氣小聲地叫，岩壁隨即發出回聲，這時狗兒才應聲發出第一聲吠叫，那聲吠叫，又引來第二隻狗的回應，接續著雙重的回音，也許因為山谷太窄導致，第三隻狗向著山谷叫，加入牠們的行列，由於水道彎曲，造成多種回音，音量愈來愈大，響遍高原與低地，直到最後，不，那聲音久久無法停歇，儘管只有三隻狗對著彼此吠叫，卻彷彿是一支狗軍隊在夜裡防禦敵人。

時序依舊是夏天，儘管如此，人們還是會對季節感到錯亂。這與城市裡的許多電子溫度計沒什麼關聯，每個溫度計顯示的氣溫都不同，有時幾乎天差地遠，一個夏天、一個冬天。而且有時候才七月初，樹葉就紛紛落下，這也不算多不尋常的事。

這裡的四季輪替顯得奇怪，這一刻還在一年之初，下一刻又到了一年之末。其中一天，說故事的人在兩條河的其中一條游泳，那條河水流較為豐沛，白楊樹在兩邊的堤岸上搖曳窸窣，還有夏日蟋蟀鳴叫，他逆流而上，結果遇上無止境的落葉洪流，黃的、紅的，以及發黑的葉子，它們不可遏抑地堆疊成伏流，樹葉糾結成花環的形狀，在水面上與水面下漂移，一度讓人誤以為秋天的腳步近了——而下一秒，布穀鳥的叫聲入耳，彷彿現在頂多是暮春時節。

桑葚樹幾乎長滿果實，大部分尚未成熟，不像塔克桑的桑葚樹果實早已掉落，甚至地上的紅色印子早已褪去。接骨木也是一樣，黃白相間的點狀花朵綻放，與此同時，你看向旁邊的向日葵花田，已然凋零灰黑，像入了十一月的時節，令人想起世界大戰的墓園，相較之下，上方的接骨木仍充滿著盛夏氣息。

然而他幾乎不曾迷路，如果真迷路了，他會隨遇而安——靜靜面對即將發生的事，並且去體驗。

許多當地人都比他更常迷路。身為當地最陌生的外來者，他老是被人問路，不過，通常他默默比手畫腳，還是可以幫上忙。

確實——有時是外省的觀光客向他問路，不過他們只是夜風之城所在省分的鄉下人；此外就沒有其他類型的觀光客了。這些來觀光或郊遊的人，看來其樂融融，他們的穿著樸實低調，尤其來到異地顯得怯生生，又帶點雀躍之情，連長輩也開始走跳前進了（每次只跳一步）。

有一次他看見婚禮隊伍在下城的主要街道上喧聲前進，每輛汽車裝飾得喜氣洋洋，發出適切的喇叭聲與錫罐的叮咚聲，他察覺到新人禮車當中年長適婚的兩位，顯然來自某個村莊。

一路上，他尋找那個女人，有時想著其他事，通常他只低頭看著地上。當他出了城，來到草原的四面八方，就發現每隔一段路會出現一些蕈菇，各種各樣，就算是當地才有的特產，他都很熟悉，有些是從主要品種旁生出來的。

他會吃這些蕈菇，有時甚至在街上或在酒吧食用，每次都點同一道菜，幾個動作示意，對方就懂了。令人訝異的是，這些生長在當地的東西，對當地人而言是多麼奇怪，甚至不可思議。他每次都點最常見而且最好吃的那種蕈菇，走到哪都看得到，房舍後面應該都長滿了。當談到最常見、最美味的蕈菇——他們會倒退兩步，以為他是亡命之徒，這個景象彷彿招致了生命危險。然而還是不少人深受蕈菇吸引，視之為奇蹟之作，而非妖魔。

在他們生活的一帶，許多其他作物或果實，對居民來說都很陌生或是禁忌，不只有城市居民這樣表現。有一天，他來到一個偏遠的住宅區，那裡跟旅館的街道很像，長形的房屋大小相當，櫛比鱗次地延伸至草原的斜坡上。在連通另一個城市的地帶，他行經一株種在門前的無花果樹，摘下了其中一顆。一個上了年紀的女人正從門裡叫著跑出來，並不是因為他是小偷，而是那顆無花果的品種可能有毒，她說：「別吃！」她這輩子都還不曾嘗過這品種，所以想保護他，不希望他因此在她家門口倒下。

她憂心忡忡地看著，他卻吃下了果實，多美味，他多想吃光整棵樹，偏偏只能吃下這兩顆最小的。他總是這樣從早到晚度日。即使是最年邁的居民，也不知道家門前長了什麼，心中帶著恐懼。

尋找女人的這段時間，他也遇到那兩位旅伴幾次。雖然他們只是暫時分別，詩人與運動員似乎已經認不出他們的司機了。或者說，當他們遠離了旅館與汽車，在街上看到司機時，便絲毫認不出他來。不被認得，他在塔克桑已司空見慣。

他們忽視他，因為他們似乎也全神貫注於別的事情。他們一樣在找東西，而且比他更為明顯。他們在找什麼？找架吵？金錢？一些觀眾？一個比他有活力的幫手？可以不只在某個晚上救他們，而是每次都能成功拯救？不是單一的拯救者，而是一整個拯救的民族？難道他們尋找的不是那個最後會毀滅他們的人？他們的終結者與劊子手？這兩人雖然換上了高雅的西裝，不再穿工作服，每次看起來卻很邋遢。最後，短短幾天之內，他們甚至沒了牙齒。還是他們之前戴了假牙，而今假牙消失或者被吞掉了？

他們一下子面紅耳赤，一下子臉色發白，拖著鬆弛的鞋跟走路，鬍子長著蝸牛般的螺旋。他們身上唯一還稱得上整齊的，是悉心照護的指甲（也增添了怪異的殺手氣息）。

他們在下城與上城漫無目的閒晃，無分日夜，身體持續搖擺，擋住行人去路，嘲笑行人的外表、步態、聲音，這一切，每回都像遊戲，口出惡言卻像詩那般押韻，有時還用唱的，結果沒有人阻止他們，甚至偶爾因為演出獲得報酬。

有一次，他在上城的市長廣場看見他們，那是一年當中最炎熱的一天，他們正在出售冰塊：「非人工製冰，也不是從卡車掉出來的，而是源自冰河期的原始岩石，這是康士坦丁國王欽定的國王冰塊。」另一回，他們在河上的大橋上擋了他的去路，再次沒認出他來，還請他幫忙拍照（他也照做了），他們的臉泛著光，漆黑的烏鴉與鵲鳥羽毛插在他們的頭髮之中。

他走經這座城鎮所有的藥局——不尋常的是，這樣偏僻的地方，幾乎有二十幾家藥局；他不用進去，他沒生病；還是有什麼可以治療說不出話的藥？

他幾乎看不到任何一個老藥劑師，也沒有舊式空間。這個高地的藥劑師們，個個身強體壯，臉上的皮膚與雙手顯得粗糙，似乎根本是得空時會翻山越嶺、跨越國界的登山者。這裡的藥局，化妝品在第一列，藥櫃在第二列，總之，他們應該覺得野外比較像家。

他在上城唯一的藥局，看見了唯一的老藥劑師，這家藥局的裝潢同樣新穎——有一次他值夜班，整張臉顯現在閉鎖的門旁邊的小窗裡，也許他想透透氣，畢竟在這條晚風吹拂的街上，附近一個顧客都沒有；還有一次在大白天，他整個人像剪影一般出現在後方大片的窗戶前，窗戶再延伸出去便是懸崖與深淵，那是一扇懸崖之窗；這位老人獨自在沒有員工的店內，透過這扇窗，他的輪廓在草原前方映現。這片草原再深再遠處都杳無人跡，草地、沙土與岩壁都顯枯黃，在正午的太陽下則一片白茫茫，他站在外面的街上，彷彿在那裡看見了自己後來的肖像。

現在唯一與我那位說故事的朋友有往來的人，就是下城那間隱祕酒吧的老闆了（但什麼叫隱祕？這裡的許多酒吧當中，有半數看來如此，店名也叫做「隱祕」或「角落」）。這位酒保也很老，不過並不是皺紋橫生或皮膚顯得蒼白，而是堅韌的皮膚與蓬亂的頭髮。他不需要開口，大家就能猜出他成為鰥夫已經多時，而子女則在更早之前就不知去向。此時此刻，他站在吧檯後面，他將在這間酒吧度過最後一季，屆時酒吧也會歇業，然後一切即將終結，他也不會活著看到明年了。

「每當我去他那裡，這位店主都不在吧檯後方。沿著樓梯往下，你會看見他就站在布滿瓷磚、有微弱霓虹燈光的空間正中央。直到他發現我是客人，就會趕緊彎身通過吧檯底下的活動門，進到他的國度。他張嘴說話的時間跟我一樣少。無論如何，他只提供一種飲料，永遠裝在一樣的瓶子裡，從上到下塞滿了他的架子。只有當他在我面前擺放點心時，才會出現各種不同的東西。這些點心不用我詢問——橄欖、開心果、轉眼間被他煎好的小墨魚、鵪鶉蛋、小龍蝦、我帶的蕈菇等——他默默做好；他要端哪些菜，全由他自己決定！我們就這樣站在吧檯兩邊，始終只有我們兩人，互看對方之餘，他也趁著我在場時，學我吃吃喝喝，吃一樣的食物，用一樣的節奏。他的頭髮僵硬地高高直立在頭皮之上，耳朵與鼻孔也有許多突出的毛髮。吧檯桌面是一片厚厚的白色大理石，上面有個淺淺的凹槽，裡面總是有清澈的水，但沒有出水口——他習慣在這個水槽清洗老舊的玻璃杯，每洗一個杯子，從水槽撈出來，他就換上乾淨的水。「林康」酒吧最安靜的時刻，是當所有精緻的、非常小的杯子逐一被洗好，排在大理石上，旁邊的水槽新添了水，所有其他東西都被挪走。我們兩個不再吃食，而是一起望著乾淨排列的小酒杯，以及沒有排水孔的凹槽，明亮的大理石平面，上面透著水，形成一個微型的圓形圖景，也許在同樣時刻，遙遠東方某間寺廟的庭園裡，一名訪客與一個和尚正望著枯山水的一顆鵝卵石，那一列列沙子，呈現出日本海的模樣。

有個早晨，我那位說故事的朋友又來到一個郊區的住宅區，那種尋常的住宅區，被死路與溝壑包圍，左右兩側則通往高起的丘陵。多數房屋都很小，其實就是砌了牆的小屋——岩壁在這些房子之間與房屋後方顯露出來，即便最小的岩壁都比住房高大。

只有一條通向住宅區的街道，能讓車子一直往上開；其他的路很快就變陡了。在不同的高度，可以看見一些汽車在此處彼處的小房子之間，車子不多，就像是在斜坡上一輛輛堆疊起來，最上面的那輛汽車停在峭壁上，高度與大小有如一幢房屋，它離市郊非常遙遠，儼然是領導人或首席的專車。

我那位說故事的朋友，平常不會跑步的，這下居然一反常態，儘管只是跑了幾步路，但他知道自己在做什麼。下方的小屋門前大多有板凳，面向日出的方向，有時要是例外沒有人坐，裝在外牆玻璃箱中的電表就會顯示住戶在家，雖說那些顯然在家裡的人不只棲居在家，而是忙碌與勞動著——幾乎所有的計數器都快速運轉，有些甚至飛奔而去。

他沿著住宅區往上爬得越高，計數器就轉得愈慢。起初，它只是一個旋轉時會閃耀光芒的金屬片，現在連油漆的標記也看得一清二楚。斜坡高處的玻璃箱中，有些計數器放在裡面，一動也不動。

他愈往上到山丘，靜止的狀態就持續更甚。大多數的房屋都拉下百葉窗，幾乎沒有煙囪冒出煙來。

晨光之下，這些金屬片靜止不動，多麼奇怪。然而即使到了這裡，即便岩石愈來愈多，卻仍然還有路燈設置，甚至有嶄新的電線杆，高高聳立於房屋之上，厚實的電纜設在一起，凌亂地懸掛，即使是最不重要的建築，卻一點也沒有被怠慢。同時，大部分的房子雖然被遺棄，哪怕只是一天，或者更久，卻一點也不顯得破敗。其中一幢房屋，幾乎是住宅區盡頭的最上面，目前正拋售，隨時可遷入。從那幢房屋的側面看去，平坦屋頂的稜線之上，有一群孩子正在爬山，他們排成一支隊伍，於嬉戲之際攀越了空曠的丘陵，身影與清晨的天空相映成趣。他們的頭髮就像熱帶稀樹草原上高高的草地，有著明亮的髮緣，比黃色的稻禾還要明亮。

「要是那幢房屋的窗景能看見草原，我大概當天就會買下來了，但是所有的窗戶當然都是面向這座岩壁之城。」轉了一大圈，他撞見第一個廢墟。這裡不僅沒有玻璃盒中的電表，也沒有門與屋頂。傾頹的瓜棚上，幾乎長的都是無花果。腳下的瓦礫堆有床墊與壞掉的炊具。不過，樹旁還是可能有個菜園，儘管路面陡峭，依然開花結果，或是有個雜草蔓生的雞圈。

住宅區最遙遠的邊緣地帶，甚至已經來到了草原高處，那裡並不適合馴養動物或者耕耘植物，連擺放花園的工具都不行。那邊有個寬闊棚屋立於岩壁之上，與岩壁相疊。儘管棚屋的大小會使人以為沒有室內空間，僅有棚架；你會以為棚屋並未留下任何空間給器具、牲畜甚或人類。雖然它跟其他建築一樣都有一道木門，甚至許多道門，木材從遠近各處匯集而來。但這些木頭並不是真的門，它們一個接著一個挨在一起，你若推開或搬走——那是打開它唯一的方式——下一道門就會緊接著出現，你不斷地推開門，直到最後發現自己仍置身戶外，而非進到室內。

所謂的牆壁也給人類似的感受——你以為眼前是緊密堆疊、高高堆至後牆的木柴堆，比方殘垣底下之物，或者廢棄的窗櫺，它們安置於此，既不能通風也無法採光，眼見的卻是塞滿梁木與木架的景象，所有的東西七橫八豎，或歪斜或平放，致使你想像裡面的空間，莫過於一個老鼠洞了。

這樣的結構位於懸崖的最高處，實在令人難以參透。它是什麼？為何存在？說實在的，它像極了路障。這樣的路障作為堆疊的木架與厚木板上唯一的有形之物，上面有個欄杆，有點像陽臺或迴廊上的那種。一個有瞭望臺的路障？除此之外什麼都沒有——沒有煙囪、沒有雨篷，沒有一顆萵苣。

這裡已經遠遠超過住宅區最後的路燈與電纜之處。然而，可以通行的道路又延伸到了此處。離這個貌似路障的不遠處，停著一輛房子那麼長的車，它幾乎已經是一輛巴士，另一輛桑塔納吉普車，它顯然比開過來時給他們超車的那一輛還要大，這輛的車頭燈加裝了護欄，用以抵禦草原上的石頭。

走過一輛無人的汽車，在高起的木頭堆上匍匐前進——那裡沒有一處梯子可供使用——我們爬上了圍欄。（「起初我還會往後退幾步。」他說。「你的腳步這樣往後退，世界就開始移動，小時候不都這樣，只有少數時候腳步才會往前挪！」）欄杆那邊，木板或木架底下，呈現出一個小空間，沿著內部的樓梯可以抵達。不用往下爬，只要躺在上面突起的地方，好好地往裡面看。裡面有一張床，或說是臨時湊合的睡覺空間，被壓在凌亂的木柴堆底下。床上還有一條棉被，這天早上才被掀開；除了棉被什麼都沒有，完全空無一物，這裡與分水嶺那邊、人生勝利組那位女性的華麗房子相較，簡直是最極端的對比；而且此時此刻一個人都沒有。

「她是否以這樣的方式悼念自己的丈夫？還是她想為什麼事情贖罪？」我問。

我那位說故事的朋友沒有說話，或者是這樣說：「在路上的那段時間，我時常感到孤單——平常我從來沒有機會這樣談論自己。有一次，我在一間酒吧的吧檯拿走了一片麵包，拎在身上到處走，因為它聞起來有女用香水味，大概是那位搽香水的女性切的。或是我在街上試圖靠近酒鬼，只為了經過他們的時候被推擠兩下。這時我就會像前面那位陌生男子一樣，在原地打開隨便一家店門。

在旅館的浴室裡，我沒有用乾淨的毛巾擦乾身體，而是用前面一位客人用過、擺在角落的那一條。在公共場所中，我喝咖啡加的糖，總是那已經被拆開且折斷的方形糖塊。可是，看看這間棚屋多麼孤單！（不，它實際上更像一個有人居住其中的路障。）那位『女勝利者』！讀中世紀史詩的時候，我從中學到，這種稱呼或名字時常代表著相反的意思。打從一開始，一個『勝利者』其實是個『失敗者』。當然，史詩的祕密在於冒險最終會變成好的結局，讓那位『女性失敗者』變成『女性勝利者』，假如有這樣一個角色的話。她被賦予這個名字，好讓她——或者因為她可以或應該——成為那樣的人。此時的失敗者，她的命運就是變成勝利者！而這個過程，也許就發生了心驚膽跳的冒險。」

他從棚屋裡跳出來。風開始吹，有事情該做了！從現在起，每一刻他都得專注，或是一如嗅覺靈敏的他那樣「伸長鼻子嗅聞」。逗留在此，為什麼呢？去發現，或是再發現一些東西。

同一天，他最後一次在自己的故事裡遇見詩人與運動員。

聖塔菲其實與其他城鎮一樣嘈雜，至少就幅員廣大的下城區而言是這樣。不過，像現在這樣的尖叫聲，他還不曾聽過。孩子們、足球觀眾、指示起重機操作方向的人員、賣彩券的小販，都不會這樣喊叫。約莫中午，他走在偏遠地區，正經過一處荒涼廢棄的鬥牛場，直到明年才會再度啟用，因為一年一度的鬥牛活動將在初夏舉行；六月的鬥牛活動海報看來彷彿幾十年前那麼老舊。外面傳來的喊叫聲來自杳無人跡的某個三角地帶，也就是位於街道與運動場彎道間的座位，那裡時常被大家忽略，尤其在夏天，大家為了避免日矖，往往不去坐那裡的位子；不過，晚秋時節，這裡會舉行越野摩托車賽以及音樂會，活動已經宣布了。

他的兩位友伴正跟一名年輕男子一同在這條路上，地上撒滿了沾有薊草的塑膠垃圾與紙片。他就是尖叫的那一位。幾個年輕人同他保持距離。過去幾週，人們不斷地湧向戶外，他們片刻認真，下一刻就陷入虛擬戰鬥，最後一哄而散——全國都是這樣。但這一次是認真的，你也看見了，這個少年在兩人面前蹦蹦跳跳地走，他對著某個方向喊叫。他這輩子還不曾這樣大喊過。到目前為止的歲月，這十年來，他行經一條街時，頂多發出一聲沒人聽懂的喃喃自語，有時則是吐一口痰。而現在時候到了，他忽然放聲尖叫。「殺掉！我現在會殺掉你們。」兩人因此終於還是被認出來了，儘管不是他們預期的方式。

像這樣的少年愈來愈多了，儘管每個出來晃蕩的都是獨自一人，頂多兩人一組，但他們已經形成了一個部落。他們在林蔭道與原野小徑當中摩肩擦踵。在這個部落之前，其他人顯然成為了少數族群。

這些人當中，有些已不再年輕，他們成為戶外愈來愈常見的風景。中心的廣場、橋墩、即便是公共建築的入口大門，幾乎都是黑色的。他們的眼神穿透其他行人，不管對方是打招呼還是提出最簡單的問題，他們都不回答，彼此之間也都不說話，或是有個不屬於他們的人來到了他們周圍，便會突然間沉默起來。

這也證明了他們已透過某種方式互相歸屬。他們似乎在排拒普通的語言，而且還假裝聽不懂。他們有自己的語言，並且想用來保有彼此。保有彼此的意思就是，他們在自己的地盤——這是他們的、最屬於他們的地盤，難道他們不是早已形成這裡的多數？——沒有其他人事物可以比得上他們與他們的語言，這可以讓他們負責國家的財富與治理當地，而他們也會毫不猶豫，很快地承接。他們習慣在公共場合望著空中，顯示了一種祕密的默契。他們從來沒有任何表情，就算每天有新朋友闖入他們的生活；面對前後左右的人，或是因他們而出現、進入他們生活的人，他們也從不微笑。

光從人數看來，他們就是一體的。然而他們各自都已準備就緒，共同面臨一場前所未有的猛烈翻覆。他們儼然是發動挑戰的人，以此身姿現身街頭。他並不擋住其他人，路上行人顯然愈來愈疏落。他只是一直走路，柔和輕快地漫步，他悄悄行走，去顯示自己的不在場，接著再往某人奔去，顯示自己存在之後又迅速離開，眼睛望向空無。

這些街頭挑戰者表達方式各異，以致難以分辨是男是女。他們之間最共通的，是慵懶行走，動作有點像提前邁入初老狀態的女人，故意顯得更為老醜、不成人型，像是對於世界的詛咒——他們的目光忽然與另一人相對，身體顫動、快如閃電，然後緊繃著身體，成為一群突擊隊。

詩人每次被外在的某些東西刺激時，不管是怎樣的方式，他都無法克制自己不去介入，所以便落入其中一位街頭挑戰者的陷阱。也許是他沒想太多，就開始跟這位少年說話，也許他並不了解這位少年的意圖或想法，或是沒有感覺，也許是那些迎面而來的陌生人，他們外顯的一切激怒了他，讓他開始用某種語言與字詞罵人，而舉手投足之間，被罵的人聽懂了意思。

詩人完全無力抵抗，這是一目了然的。他無法出手，從來都無能出手。就像你在夢裡正要出手打某人，但拳頭還沒碰到另一人的身體，就已失去力氣，頂多化為虛弱的碰觸，這就是他在真實生活所經歷的。更值得注意的是，就連身經百戰的奧運金牌選手，遇到這種雞毛蒜皮的動武之事也沒有辦法，倒不是剛好他有點喝醉了——他也是一樣從不出手抵抗，他從小就無力抵抗。出手打人的人，剛好拿他來當衡量的尺度。

這年輕傢伙沒帶刀子。不過，他一點也不需要使用武器，正如他面對運動員所展現的，徹底沉默、毫不喊叫——他一連串令人眼花撩亂的痛擊，將以致命的一擊結束。少年靠近的時候，仔細一看，竟是一張衰老、布滿皺紋的臉龐，他激動起來，面對不動如山的運動員，他不斷加快打人與殺人致死的啞劇動作，只是處決對象顯然不是運動員，而是站在他旁邊那位身體也變得僵直的詩人。

「我發現我正賭上自己的故事。」我那位說故事的朋友說。「我很重視我的故事——現在呢？要是我繼續在旁邊看著，一切就結束了，而所有過去的事情就什麼也不是了。同樣的，如果我掉頭回去、離開現場、別開視線，也會是這樣的情況。我不希望自己的故事被拿走。不能這樣！『不！』」經過長久的沉默，他終於吐出這第一個字，從齒縫流瀉出來，輕聲地幾乎聽不見。接著他用同樣的方式說：「心要靜下來。」他的心於是安靜下來。有這樣的事情發生。

他終其一生都不為自己防衛；他無能為力，或說他根本不想抵抗。他唯一的抵抗就是安靜；成為安靜自身。此刻，他飛也似地衝過去撞那位正站在兩個犧牲者面前的少年，他們的頭與脖子是如此貼近，他奔過去，然後擊出讓頸部骨折的兩拳，就這樣打下去。對方倒在競技場的牆邊，再沒起身了。也有這樣的事發生。

之後，旁觀的人們輕易地讓這三人一起離開，有些人甚至贊同所發生的事情。無論如何，現在還不是發動暴行、引發其他後果的時刻；現在若說國內戰爭爆發，也是言之過早了。

司機的車子就停在街角。也有這樣的事情發生。現在大家才開始顫抖，但他沒有。他保持安靜。

接著他送他們回家，又變得沉默，姿勢帶著霸氣——他把自己的車鑰匙塞進詩人手裡，為他指出正確的方向——他想起當時他把兒子從警察局接走之後*，在兒子臉上打了一巴掌的情景。（在那裡，他是父親，幾乎要衝向拿著手銬的警察。）

要回家，兩位同謀都表現得很順服。不過，他們還是一起在旅館酒吧喝了惜別酒。昔日奧運金牌選手忽然開始發聲——他放聲歌唱：「家裡的牲口棚在發臭。牛奶潑到發瘋母牛的糞便上。馬兒一腳踢上母親胸膛，她就死了。鄉村影院裡，燃燒木屑的火爐發出火光，飛濺到銀幕上。偷看女老師們的裙底風光。在彈坑中玩跳房子。在床上伸懶腰，撞上父親鋪在床尾晾乾的蕁麻。鄰居在屋前一腳往自己兒子踢去。新兵入伍，睡在玉米袋裡。滑雪板邊緣的火花噴濺到電視畫面上。哥哥消失在加拿大。初戀女友前幾天跟一個聖徒結婚了。拿日本的雪跟南美洲的雪比較。夜間超級大迴轉的時候，我的腿斷了。父親很早就過世了。姊姊也是很早以前過世。千隻馬蹄閃閃發亮，達達穿過墓園上。前情人親手換掉公寓的鎖。再也沒法逃脫。金牌不只賣掉一次。讓我墜落。不過直到現在，我都還是找得到回家的路。黑暗中的閃光噴濺到銀幕上。在夏日微光中跟蝙蝠坐在一起。在冬夜跟朋友們坐在一起。當我說起在家或者回家，想到的不是家鄉的地名或者那幢房屋，而是想起越過田野的那條路。」

他跟司機握手。詩人定睛看著司機，眼神中透露了對他的故事略知一二，他起身，說：「他們從早到晚都在騎馬，始終筆直前進。蝴蝶不斷飛過，在振翅之中驅散了他們沒說出來的念頭。一隻蟋蟀坐在洞口，彷彿皮媞亞通靈女巫。努力思考並不會有解方，得用另一種方式才行。現在已經不像過去的君主時代，那種至高的權力機構已經沒了。為何沒有了呢？他從來都不曾像現在這個季節那樣寂寞。他於是開始寫詩，感覺就像一群登山者懸在繩索跟彼此說話！啊，生於奧地利！但誰可以終其一生都擔驚受怕地生活？還是讓你的心流血、說話吧！一顆腦袋可以多笨，無論腦容量有多大，愈大愈糟糕。國王的兒子不可獨自騎馬。女士必須坐在兩條長矛距離之外。不能跟沒有名字的女人結婚。婚禮期間，整座城市沒有一戶人家的門上鎖。但沒有人知道他還得騎很遠。驕傲的女人有無法比擬的寂寞！兩人很快地會在精疲力竭之中感到適應。不要流淚，我們時代的英雄——你一旦哭出來，你就輸了。沒有擔驚受怕的愛，就是沒有溫暖的火焰。騎士啊，讓你的心在肚腹爆裂開來吧。願艾倫一棒打下去，使之變成懸崖——摩西則會因為這座懸崖破壞自己的律法。你必須騎過每一條街，否則冒險永遠不會終結。必須在國王的宮廷中等待。不過，最美麗的還在後頭——有人隆重地接待了他們。而我就在那低頭俯瞰的地方。會有風吹來，我將不復存在。我迄今為止的人生，基本上幾乎是屈辱與羞恥——只有那些徹夜未眠的夜晚令我感到驕傲。鬼傘蕈菇沉浸在它的深色汁液中，流血的人躺在自身的血泊裡。唯有透過上面那位棲身樹冠的人，你才會感受到樹有多高。」——那位長年的詩人，也在此刻跟他握手。

他把錢給了他們倆，然後看著兩人在他的車裡啟程離去，詩人在駕駛座轉著方向盤，偶爾說一兩句話。同一天下午，他自行動身前往道路盡頭的草原。先前他在白天兜了幾大圈，繞著寬弧線，每次都到傍晚才回到市區。他每次回聖塔菲，身上都綁著一條緞帶，如今它裂開了，不知飄散到何方。第一次，他在自己的故事感到清晰的方向感——西北方。

旅館的日曆寫著新月即將到來。在白日天光的蒼穹中，卻看見月亮有如一只鐮刀；原來日曆是去年的。

我那位說故事的朋友，他果斷地離開人群，與世隔絕。他精力充沛地走進草原。你得騎過一千條路，不然你的冒險永遠不會結束！

第四章

他在附近探險，行經各個房舍，走入草原，這時便脫下墨鏡，並不只是因為這裡的陽光不像房子之間那麼刺眼——那裡大多數屋舍都塗著白色的石灰，陽光總是刺眼——也還因為脫下墨鏡後，這一切於他顯得那麼不同。之後，他沒有一刻戴著墨鏡，就算中午烈日當空也是一樣。再說，難道他不是每一步都這樣走過了？還是那是他的祖先？哪一位呢？是那位善於在草原奔跑的吉爾伽美什國王[1]嗎？與此同時，正如他每次感到自己經歷過許多事情時，巨大的危險似乎正在逼近他。

他感到身後的這座城市離他好近——他看見起重機、電鋸與電鑽。然而，當他從柏油路的街道盡頭踏出第一步，走進熱帶稀樹大草原，便進入一個完全不同的聲響世界，就好像他通過一個臨界點。突然間，他的腳步聲變得微乎其微，彷彿置身某種聲響變化的界域，那是將鞋子脫掉、赤腳走路的聲音，無論如何，草地中的千種其他聲響，顯得更為迫切。

「草地」與「牧場」在此並不適用。因為這種特殊的高地草原，更多是夏末乾燥的藥草與薊草（但並非每片草原都獨一無二），而非一般草地，在這當中處處有鬆軟的泥土覆蓋，像是瓦礫與灰燼的沉積物；草原上的每一處，都讓人想起那條被掩埋的路。

若真的定睛看，會發現碎玻璃、碎瓷器、瓶塞等諸如此類的東西散落地面各處。唯一一株胡桃樹生長著，果殼爆裂，他伸手取些來吃，當作旅途中的第一個小點心。草原的主要色調是灰色，像一層銀灰色的面紗。他徒手摘下枯萎成灰色的甘菊花、八角灌木，以及同樣枯萎成灰色的薰衣草，這時植物的氣味才撲鼻而來。當他在接下來的那個冬天跟我說起他的故事時，這樣的餘香始終持續著。

他在草原上後退行走一段時間，用道別的眼光幾度回望這座夜風之城。與其說那邊的房屋跟這裡的環境成為對比，倒不如說，下

1 吉爾伽美什國王（König Gilgamesch, ?? – 2700 BC），古美索不達米亞烏魯克城邦國王，為世上最古老的英雄史詩《吉爾伽美什史詩》（*The Epic of Gilgamesh*, 2100-1200 BC）主角。

方兩河交會的邊緣地帶忽然長出茂密的沃草，種有菜園與白楊樹，與周遭環境的對比有過之而無不及；如果白楊樹梢上的葉尖沒有陽光照耀——這是下城唯一能被陽光照得到的地方——在他眼中便彷彿成為被陰暗包圍的地帶。遠方敲打的聲音透過山崖產生回音，使人以為那回聲是附近的聲響。所有的聲音聽來像是城中清真寺尖塔上的宣禮聲，不斷傳來。同時，他後退的腳步底下，不可勝數的灰色蝗蟲四處飛，他拍開，聲響彷彿剪指甲那樣清脆。

對！往前！他轉了一百八十度。畢竟他來到草原，就是為了要從這裡帶點東西回去。帶給誰？給誰都好。只要帶些東西。他始終穿著已然褪色的灰藍工作服，寬鬆的上衣與褲子。此刻，他在額頭綁上布條，用來遮陽。當他束緊時，眉毛也被束緊，眼睛看來也跟著拉緊了。事實上，他看得更為銳利。雖然大海遠在幾乎千座草原的距離外，海的蔚藍仍在最近的地平線升起。

他一直走到天色都暗了下來，一路上沒有任何冒險，連一隻比較大的動物都沒有。他遇過最大的動物是老鷹，在大草原上，老鷹在他頭頂上空盤旋，翅膀猶如兩片展開的刀鋒。深黑閃亮的寒鴉，久久站在城市的岩石之上，儼如騎兵隊。老鷹在這裡的至高處寡言棲息，寒鴉的叫聲則在空中規律齊鳴。眾聲合唱之際，老鷹俯衝襲擊，與歌唱隊霎時出現彷若皮鞭揮下的聲音。

而他卻直視前方，幾乎是看著地面，他在尋找一種特別的草原蕈菇，盡可能苦的蕈菇——假如他是個專家，就是專門研究味苦的蕈菇——他打算寫一本蕈菇專書，並且計畫在回去之後完成，之所以這麼做，也是這樣會使他快活許多。當他在廣袤的草原、距離街道遙遠的地方，聽見一輛汽車的聲音，他便會抬頭望，或轉過頭（只有非常講究的車才會需要一條像樣的街道）。他步行的前幾小時，一些車子駛經過了他，或多或少地保持距離，每次都是桑塔納越野車，形形色色的車款，大小各異。後來他發現，這樣無憂無慮地漫遊，穿越草原，只是表象罷了——事實上，駕駛往往要特別留意偶然出現的小溪所形成的裂縫，其中一些深如峽谷，就像他走路時也會避開一樣。

跑步的人在他身後冷不防地喘氣，他並不像最初的幾小時那樣四處張望；一開始，當他們還沒超越他時，他試著像他們一樣加快腳步，後來就放慢了速度。他並不抬頭看那些騎自行車橫越草原的人，他們加裝了像火箭筒那樣的輪胎，能聽見衝鋒陷陣的喧囂聲正穿過沒有樹木的草原傳來，他們是沿途最恆久的旅伴，出入於無人之境，僅剩四周蟋蟀的叫聲——他不需要去看他們被安全帽遮蔽的臉，以及回歸大自然的流線般的身軀，他們輪子底下的地面往往或碎裂、輾壓，或連根拔起，或者剛鋪上的培土就這樣消失了。每一位騎士都自認體現了冒險。只是這樣的冒險並不是他所追求的。

日落之前，草原上終於只剩下他獨自一人。這時突然出現一隻「比較大的動物」——一隻住在地洞、沒有主人的狗，跟著他走了好長一段路，先是齜牙咧嘴，然後開始舔他的手指。此刻萬籟俱寂，為了捕捉一些幾乎無法察覺的聲音，他不由自主將手放在耳朵上——那細微得無法察覺的聲音大多來自地底。如果一陣微風吹過荒原，就會產生陣陣輕巧的鈴聲，如同翻開薄紙頁的聲音。

是的，他曾有一次經過這附近，非常久之前。此刻，他感到全身心都不是獨自一人。他很快會需要一個地方過夜。傍晚的最後一道陽光灑下，他遮著眼睛擋住陽光，看見雲朵的陰影落在風景的最遠處，那陰影與其他幾朵雲的影子一樣，全然靜止，他看不見有人居住的跡象。同時，在這無路之境，他在腳邊發現一座幾乎已經消失的草原里程碑，埋在黑莓叢底下，或者這是一個指路牌，根據上面的訊息，距離「羅斯・傑羅尼莫」一點也不遠了。另一方面，他不是已經路過一處叫「羅斯・羅伯斯」（狼之意）的村莊了？但這村莊卻消失了。「魏瑪」也是消失了。之後什麼都沒有，什麼都沒有。

不過，此刻這裡卻能聽見雞啼，甚至有點像是火雞在咯咯叫。他走上前，來到昔日一座隱匿的山谷，那裡一片空寂，僅有一間小教堂的廢墟，旁邊有一個簡單棚屋的花園。他在草原上行走的時間不算太長，就已經發展出另一種步伐。他走路時兩腿伸開，些微內八，彷彿雙腳踩在滑雪板行走。一隻刺蝟晃過了花園入口，他許久不曾見到這樣的畫面，時值日落時分，在太陽消失之前的時刻，刺蝟突然變得巨大且原始，成為「我旅途中遇到最大的動物」。

在這個故事所發生的時代，歐洲有愈來愈多的隱士。這樣的人也生活在草原山谷中，說故事的人在他這裡借宿一宿。小教堂廢墟後面有一輛報廢的宿營車，他獲得了食物以及一張床。

他們倆都沒有開口說話，直到翌日早晨，咖啡煮沸發出了哨聲，才證明了草原隱士是聾子。我那位說故事的朋友察覺到，眼前這位男人跟他以及我以前的好朋友，安德烈．魯蛇長得很像，也就是那位消失的薩爾斯堡古代語言老師。沒錯，真的是他。但他們都假裝不認識，只有隱士不小心拿出了來自牙買加的「藍山」咖啡。因而我們三人當中，其中一位主要倚賴聽覺行事的人最後成了聾子，也許是因為草原永恆的寂靜？！偏偏這個小地方的名字就叫做「索諾拉荒原[2]」？

說故事的人告訴我：「甚至是我自己待了一晚，耳朵也失靈了，那裡完全寂靜無聲，公雞跟火雞也默不作聲，因此我一起床就想拿鐵鍬幫隱士所住的修道院敲鐘，至少讓自己聽見些什麼。」

「這位魯蛇是否至少也做了隱士該做的事，餵您的馬吃草了？」

「有。順道一提，我在草原上的時候，雖然用腳走路，卻感覺自己像在馬背上疾馳。」

他繼續走，第一個干擾就是東方的太陽打在他的背上，讓他不斷看見自己的影子。因此他有段時間倒退行走。然而不久後，他觀察到地上自己影子的細節，以更加清楚的方式展現出來。正午時分，他幾乎看不見影子。現在他樂見影子映入眼簾，因為這樣一來，當他見過一個又一個地平線，在形狀單一的大草原上，他會感到自己正在往前移動，而且感到一種低調的陪伴。

他就這樣繼續走了好幾天，從未遇見一個村莊。儘管如此，他

2 索諾拉（Sonora）為北美墨西哥的一州，位於美墨邊境，西臨加利福尼亞灣，該州無人居住，布滿荒原。

沒有一天覺得孤單。有一次，他遠遠看見有個身影，對方彷彿走在草原另一條路上，拉著推車。這個人轉向他，然後他聽見像是笛子吹奏的片段旋律，高聲悠揚、響徹雲霄，旋律不斷重複。那位漫遊者是一名小販，他透過穿洞的金屬管宣告自己來臨，並且歡迎說故事的人；他雙腳上的鞋帶都扯壞了。小販的拉車上有大大的西班牙文字樣「ULTRANARINOS」，意思其實是「舶來品」——或者這個小販只是想過來幫他擦鞋——但怎麼擦呢！

某個午後，他躺在被麥穗影子覆蓋的草原上小睡，等他準備起來時，有個龐然大物突然從他身邊跳起來，一邊大叫——又是一隻沒有主人的狗，大概以弱小之姿流落草原，並且先前就躺在那裡睡覺了。一隻沒有人察覺的狗，兩者距離僅有一個手掌寬，麥穗長到臀部的高度，遮蔽了彼此，現在這隻狗卻非常膽怯，看來牠正在逃離自己好不容易蓋好的窩。空曠的草原沒有房屋，灰色的小雞一度從他身邊跑開，先是從容地跑，突然又加快腳步，這群小鵪鶉倉皇逃跑、奔離四散，牠們彷彿在這塊地生生不息，同時也是獵人舉槍射擊的對象。

某個上午，有個跑步的人往他這裡跑來。他從哪裡來的？他胸前的衣料有個汗漬，跑得比任何地方的跑者都快。跑步的人經過他，然後掉頭、擋住他的去路，跑者手裡有槍，但顯然不是獵人——槍瞄準他、上膛，指控他強暴了他的妻子，他必須跟他走，去對質——接著，他的目光卻聚焦在對方手掌裡的一些蕈菇，什麼也沒說，就往另一個方向跑走了。

有一回，他在傍晚遇見一群人，一個年輕女人騎著馬，身旁有左右護法，一個是還像個孩子的士兵，身穿襤褸的制服；另一個是中世紀的男人，身穿開襟長風衣，一邊的肩膀站著一隻小獵鷹，身有虎紋，眼珠是黃色的，另一邊的肩膀，大衣衣釦的位置底下，則夾著一疊撲克牌。他們問他是否看見一個老男人，那人迷路了，也許是瘋了，他一邊走路，一邊對著空氣寫字，偶爾跳起來，以他的年紀實在荒誕；他們找他好幾個星期了；但如果找不到他，不管他是死是活，他們都沒辦法回家。事後，雖然他聽了他們的問題，只有搖搖頭，然後繼續走路，他卻感覺那個被尋找的人，似乎曾經與他在哪裡遇過，而且應該就是剛剛，於是他整夜輾轉反側，苦思冥想他們遇見的地點與方式——不對，他沒有看見他，也沒聽見或聞到他——他非常確定沒有聞見他，那麼該是怎樣的方式？也許是這支尋人隊伍的心焦急如焚，讓他對被尋找的那人有了一種想像。

不只一次，他在草原上往西邊走了千千萬萬步，之後又聽見一陣鋼條拍打的聲音，尖聲刺耳。草原小販又一次將舶來品的推車轉向他，跟他兜售他想要的東西，有些剛好是他最需要的，譬如一顆蘋果與一條繃帶。

他盡可能地向前直走。如果他偏離了方向，他就沒有辦法在任何時候回頭，回到當初偏離的位置。也就是說，無論如何，唯有不斷地往前走，哪怕這樣走下去，還是會有無法克服的障礙橫亙在路上，阻礙了重新找到的方向。如果路很窄，也許就繞道吧。但他不會往後退——除非他是在後退的路上前進！

就算是最自然的繞道前行，有時他會不假思索地縮短路程。於是他沿著山谷的斜坡往下滑，不只一次翻滾跌倒。他著迷於尋找這樣的時刻——快速滑行，令他上癮，一路上，他時而嗅聞那些快速掠過的幾束百里香，摘一些黑莓塞進嘴裡，並且記住枯枝上的蛀蟲種類。

暴露在危險當中，使他的感受更加敏銳，這種情形見怪不怪。這種感受延續了很長一段時間，也因此他從未迴避危險。他在跌跌撞撞之中無法不感到驚嚇，但也讓他開了眼界；白天在路上走，他至少會有一次感到虛弱無力，因此當他後來在平穩的路繼續走，他便會以更寬廣的視野捕捉前方的草原。

「所以我什麼也不缺。」我那位說故事的朋友對我說。「不過，就在我自覺什麼都不缺的時候，有時就是幾乎什麼都缺了。因此我愈來愈喜歡透過那些異於日常、令人驚懼的東西來充實自己所處的當下與每一天。於是我發現，每當我耽溺在旅途中所遇見的事，我就會偷偷地、由衷地開始述說這些故事。也許不是跟特定的人說——還是有？——但肯定不是對我自己說。說故事可以無遠弗屆，就像現在圍繞著我的草原一樣。這些時刻跟我腦中的思緒完全不同，那些令我擔憂的，與我或是與世界爭執的，或是最糟的情況——發自內心保持緘默——這些想像與真實的對比，也讓我發現一些顯著的事情——當我不自覺地耽溺於這樣的述說——即使述說的內容是不在場且遙遠的事物——這時候，我的思路並不在別處，而是更清晰地體會到周圍環境，是如何在危險來臨之際以及結束後的景況。如果不是更銳利，那麼就是更加多彩豐饒。內在與外在的事物相互滲透，彼此成為一體。述說故事與草原成為一體。說故事的人有了自己的位置。這種說故事的方式充滿了探索，創造各種過渡，使人意欲追尋，用抬頭仰望的方式，以鳥瞰的視角，或者是老鷹的俯視！」

有一回，他在破落車道旁的草原車庫過夜，那裡有吧檯與一個臥榻。另一回，他睡在被瞭望塔與鐵絲網包圍的駐防地；又有一次，他睡在荒廢多時的草原小車站建築，四周都是廢棄物（然而到了夜晚，這些東西又派上用場，回到從前的擺設）。

他每次都睡得香甜，一夜無夢，即使睡得不長。然而一種不可遏抑的不耐，驅走了他的眠睡，讓他必須再次準備穿越草原。他躺在新月的陰翳之下百思不得其解，何以在這裡需要那麼長時間，才能看見天空泛出魚肚白？他詛咒黑暗，那種昏暗，過了數小時依然不變，你卻能感到它的無垠與宣示的存在。第一道光在哪裡？清晨的第一隻鳥在哪裡？別再讓我聽貓頭鷹的叫聲了。

在車庫的床鋪上，他打開燈、電視機，試著閱讀沾染油漬的報紙，但是這份《聖塔菲日報》其實是去年春天的報紙，而電視新聞則播著前天跟後天的消息。他一直都在這個地帶，一個大面積的省分，隸屬於晚風吹過的城鎮。這次他等不及要橫越大草原，一片漆黑之際已準備動身，他逐步往前摸索，終至精疲力竭，因而整天都無法好好睜開眼睛。

隨著時間過去，他開始希望遇見刻著「聖塔帕西恩西亞」的地名牌，而非之前的「聖塔安娜市」、「聖胡安」，或「舊金山」那種已然歪斜，在草原瓦礫堆中半埋著的地名牌（地名全被埋進去了）。他從未想過，原來自己有一天也會對觀看天上的星圖而感到疲憊，譬如在夜空閃耀的獵戶星座，秋天來臨之際，每晚都清晰可見；現在他抬頭望著，仔細端詳全部的星星，獵戶的膝蓋、皮帶、箭鞘……黎明的第一道曙光，就是獵戶吹號結束狩獵的時刻——這時箭鞘消失，接著，是時候了——腰帶三顆星中的第一顆，肩膀兩顆星中堅持到底的那一顆，尤其還有那顆從白日消失的畢宿五星，閃爍到最後。「啊，終於離開了，天空顯得空寂——它在暗示我們繼續走！」

不過，當我們仔細端詳，獵戶星又發出閃光，腰帶與箭鞘尤其明顯，在明亮的空中閃著，這些是不是黑色的殘影呢？聖塔帕西恩西亞！

他說：「踏上草原的第一步，總是新鮮且令人振奮，在車庫、兵營、火車站、荒廢的牲畜柵欄間，這塊地面是混凝土、柏油路、石子與泥土路的過渡地帶，你以雙腳踩過，或越過或踏入，或下坡或上坡，過程中產生彈力，讓沉重的身體變得輕盈。你如此輕巧，輕輕走過。因此我把石頭塞進口袋，並且比較理解那位詩人了，有一次他說自己吃得很多，什麼菜都點，因為他不想擺脫那種持續的激動，而希望以身體的重力負載這種感覺。」

有沒有可能這樣的一種狀態會被氣味強化？他聞到從地面飄散的氣味。這片草原有許多藥草，顯得特別芳香。——「對，但是強化這個狀態的，主要並不是這些香氣。一天下來，氣味甚至每次都讓我頭痛到想吐。這樣的氣味盈滿於各種植物之間，各有千秋、細緻非常，我不禁想像它是所有香氣匯聚萃取的結晶，還不曾有人聞過或嘗過，我無論如何要把它帶回家——它具備療癒的力量，不用我們命令或催促，它就能使你深呼吸。隨著時間過去，我在草原的植物世界中，以不同的方式看待那些氣味——無論開花或結果，你再也無法找到這些或許可以延續好久、直到夏天，並且形成另一種草原風景的東西——弧形的花瓣由淡黃轉灰，長長的梗、莖與葉柄，其上球狀、成綑的東西簇擁著。花朵已然凋謝，果實掉落碎裂，隨風飄散。花朵與小小果實組成的海洋跨越了地平線，為花瓣、花蕊、雌蕊帶來了供應與保護——當然，先是花莖與葉桿，接著特別還有花萼，空苗圃，以及支撐花朵的桿，以及空果莢與果殼。整片草原，小小的花朵與果實的殘骸突出於褪色的長莖桿之上，有些甚至非常小，有時變成淺棕色或者灰白色，形狀則從柱狀、螺旋、齒輪、蜂巢……各種各樣皆有，這些微型殘骸，也有三角、八角與九角形！這片草原上的植物殘骸無奇不有，它們化為一個整體向我襲來。我感到這些最微小的植物殘骸中有個完全消逝、沉落的世界，人們可以重新研究它。因為在那裡，事物的概念是不一樣的，譬如『消失』未必等同於『失去香氣』。空掉的薰衣草殘骸發出薰衣草的香氣——為什麼？空掉的罌粟果莢發出罌粟的香氣——為什麼？空掉的荷蘭芹果實，氣味甚至比平常更濃烈。我也曾經嗅聞到其他氣味的綜合體，它們來自數千種空掉的植物殘骸。我觀察並且嗅聞這些殘骸——對，我感受到其中的迷人之處——並且傾聽（譬如豆莢啪地閉合的聲音），這時我會感受到自己的軀幹，我沒辦法說這令我感到恐懼。我往僅存的植物彎下腰，霎時間，突然有種升天節的氣味，我是怎麼感受到這些的呢？——從我的骨頭。我得補充一點，那就是每每過了這樣的一天，夜晚我躺上床鋪，就會訝異於自己怎麼能從這朽壞的草原上活著回來？」

塔克桑的藥劑師說：「既然現在我已經敢大膽地說話了，我將會告訴你草原蕈菇以及我的故事。簡單地說——我對蕈菇的熱情，讓我與妻子疏遠了，我不希望也失去我的抄寫員！先別管這件事情，我們才能進到我的故事裡。另一方面我也想提一下，我相信現今報紙與電視的內容之外，人類最後一個共同的話題就是不同種類的蕈菇，就算是一群陌生人，友善地互相傾聽，那依然會是大家同意的最後一個話題。也許今日我們可能共度的最後一場冒險，也是因為它難以描述。它無窮無盡。一如草原也難以描述，因為它抗拒成為圖像。而我的蕈菇之書，將會成為讓大家驚呼的一本書——對，就是這樣，我向來也都是這麼說的！——即使他們從來沒有說過。

「事實是，我在草原上發現非常多樣的植物與石頭，卻只有蕈菇會勾起我尋覓的欲望。就算是不能食用、甚至有毒的蕈菇，我還是會在路上咬下來，或是至少塞幾顆到我的舌頭底下——味道如此平淡，對，我一個人或者緘默的時候，時常會有這種感覺——我希望嘴裡有酸味，尤其希望舌頭有苦味，而最苦的蕈菇剛好最對味。有些蕈菇的味道苦得無以復加，彷彿在我體內翻攪之後又回擊過來。我會在我寫的蕈菇手冊推薦大家生吃一些這樣的苦蕈菇。但是那些好的、甜的草原蕈菇——真是讓我開了眼界！」

「然後呢？」我問。

藥劑師：「這難道不是好的開始？光是看著這樣的景象，就讓我醒來了。」

「就像野生動物喚醒獵人一樣嗎？」

「也許是吧。只是蕈菇並沒有逃離我的視線，相反地，似乎在等待我——你終於找到我了！當然，如果一次來得太多，也不是好事——美好的事情太多會過於刺激，使人麻木——對於蕈菇，最後我還有一點要說——我在蕈菇上再度聞見家人的氣味，父親、母親、祖父母；尤其是我的孩子們，當他們還是孩子的時候。」

後來的日子，我那位說故事的朋友，在穿越草原的時候，一路上就什麼也不找了。他把這種感覺當成一種自由——「如果沒有先前的尋找，我就不會遇見這一切。」

有個人坐在山頂，他在空中釣魚。薊花在低處的地上，黑色彷彿海膽。終日無風，一朵朵花粉團從陽性接骨木叢飄向陰性的接骨木叢——所以秋天的草原依然繁盛開花？是的——那錐形、可食用的樹木是為了松鼠而存在（就像在城裡，棲息的樹木是為了鳥類而存在）；地面撒滿針葉，就像被蘋果的殘骸填滿。高高的草在那裡——有一回，草原上只剩下草——草對彼此同時點頭、搖頭。雲朵的陰影覆蓋著田野，上面閃著白色的波紋，形狀就像浪潮的泡沫。在高地的瓦礫上，扁平的鵝卵石處處可見，中央有黑色的圓圈——冰河時期就被磨亮的卵石，隨著雪融沉入海中，又稱「眼石」。

草原上有各種小昆蟲，也有非常微小的；他深呼吸，讓肺部鼓脹，對著牠們用力吹氣，牠們卻在原地保持不動。有個夜裡，在涼風中，他把雙手放進他白天所採集的球狀植物，植物呈紅黑色，動物的頭那般大——又是一顆蕈菇！——他讓蕈菇內裡的溫暖日光能量傳導到自己身上——湊效了。一扇蝴蝶翅膀開始振動，輕輕搖擺，沿著地面曲折前進，翅膀色彩斑斕，紋路彷彿軍隊的矩陣——一隻洞裡的黑色螞蟻正搬運著它。不過，這裡的蟻群並未形成一個國家，每次頂多三、四隻螞蟻從洞裡出來；只有一些小小的螞蟻村莊，彼此距離遙遠，而且互不往來。

黃蜂在接近地面處四處飛翔。有一次，有隻大蚱蜢背著小蚱蜢，小蚱蜢滾落之後，開始尋找背牠的大蚱蜢，牠們復又交疊在一起，呈現出近似馬的輪廓。草原飛蛾的輪廓則像綿羊。其中一隻蛾的顏色像石頭那般灰，牠在同樣灰色的岩壁前飛舞，只有在影子飛舞的時候，我們才看得見牠。

有時他看見蜂窩在草原上排列，持續不斷嗡鳴。蜂窩大多一樣位於岩壁上，返家的蜜蜂鑽入黑暗的洞口，牠們沾滿花粉的小腳閃閃發亮——「難道還有什麼在開花？」——他每次經過這樣一塊小領地，就會有一隻小動物開始攻擊他，儼然一副警衛或人民警察值勤的模樣，大部分的時候他會被螫傷，總是顴骨受傷。

幾處綠地被高而稀疏的草原包圍，你必須站在面前才能看得清楚，那是野地裡自然生成的菜園，裡面有酢漿草，以及一些令人想起蒲公英沙拉的東西，不過這些植物比較肥軟多汁，同樣稍帶苦味。他說：「我幾乎沒吃過這樣細緻的東西。雖然只是小東西，味道卻非常細緻。在這裡我一點書都沒有讀，或者說——那片草原，還有那些村鎮，就是我的圖書館。」

蜂窩愈來愈少，鑽進去的蜜蜂，牠們後腳上的黃色花粉也愈來愈少。最後，牠們的後腳一點也不沾染花粉了。黑莓也是一樣，他摘到一些，只熟了一半；另一半是綠色的，不會成熟了。同時，草原上的房屋廢墟旁木蘭盛開，彷彿是一年初開的花朵，而這其實是一棵春天才開花的樹。

這裡瀰漫著一種氣息，尤其是自成一格如島嶼的松林，風吹過，針葉林的呼嘯聲中帶著堅定，那是春日來臨之前的時刻。在這樣日光盈滿卻又涼爽的一天，他在可以避風的小斜坡底部休息，直到天黑，那裡一片土黃、寸草難生，他的身後又是一片斜坡，他置身於兩座斜坡之間，開始伸展四肢，彷彿躺臥在谷地之上。他躺在其中一邊，身體下方的地面被松葉覆蓋，有些地方長出植物，每每是細小的一株，薄薄的一葉，彷彿金屬片，頂部是赤裸的植稈，葉片之間擦出了響亮的鈴鐺聲。

他的目光恣意地落在近旁的土牆上。土牆被鑿空，看上去彷彿壁龕，壁龕的周圍包覆著柔軟的泥土，底部則鋪有松葉。使他以為這會是一個過夜的好地方。映入他眼簾的別無其他，盡是赭色、灰黃、已然龜裂的土地，被低懸在空中的太陽照耀著。

一直以來，他都見證著這些最簡單、最不跌宕起伏的變化過程，並且提供了最有力的觀察，譬如觀察雨勢漸強或者漸弱，或者就讓狀態持續；看雪如何融化；看一灘水慢慢乾掉。他用同樣的方式觀察被最後一道陽光照亮的半個泥洞。

陽光確實照亮了泥洞，彷彿以探照燈或電影打燈那般人工的方式——土牆的各種細節都清晰浮現，布滿顆粒、皺褶紋路、高低如地形模型般的紋理。盤根錯節的樹根，有些暴露於外，土壤碎塊掛在其上，伴著些許青苔，此刻，一天當中僅有這麼一次——陽光灑下，朝露消失了。（草原上可見許多朝露，自然是幾乎只附著在鳥羽之上，以及少數有青苔的地方，只要朝露愈多，那層青苔就會變成幾乎可用的海綿一樣。）

首先映入眼簾的，是那只獵人的彈殼，那是唯一會讓他在觀看時分心的東西。彈殼全面被蜘蛛網覆蓋著——原來存在沙中這麼久了。然而他卻讓彈殼兀自留在原地，彷彿它屬於這裡。他也讓自己兀自這樣下去，隨興而去。他躺下來一會兒，屏住氣息；有段時間，他一點也不需要呼吸。

土牆的光滑處益發閃現著黃光，這些裂縫與突起的表面，顯現出愈來愈多的黑色陰影，使得他疲憊的雙眼感到安慰，比看見哪片綠地更加快意。這泥洞也可能是遠古時代的一片山腰，屹立在歷史的彼岸，或至少屹立在每段歷史之外，他攤開四肢、仰臥在這座史前的山巔，感受那久長。當代的戰爭發生在遙遠的彼岸。細沙從土堆落下，朝著山谷的方向土崩瓦解。這個世界曾經活過多少年歲。又或者才多年輕？甚或僅是初生，或者尚未開始？從這裡蓄積的泥流顯然並未被日落的光芒照耀，而是從內部自己產生光芒；它自身就是一個發光體，是光的泉源；被各種黃光照耀的泥土，便是光的體現。親愛的先祖，親愛的父親、母親。

一條龍的頭從泥洞中伸出來，一隻蟋蟀突然鳴叫，草原上的獵人帶著武器出現，朝著他去，就在他躺臥在那裡之際，用槍瞄準他，正當那位貌似跟我說故事的人出現，那時他的替身正走在底下的狹路上。獵人瞬間射中了他。一隻蚱蜢一躍而起，開始飛翔；就像有時他也能做到的一樣，即便只是在夢中。往上跳時，這隻昆蟲在灰色盔甲之下伸出了藍色羽翼，在飛翔之際時時顯現藍色，當牠降落，又瞬間變成石頭般的灰色。

一輛工務車從狹路的另一邊駛近，又是一輛桑塔納，妝點得有如結婚禮車。那輛車在他身邊停下，說故事的人的兒子坐在駕駛座，旁邊則是他的新娘，年輕的慶典皇后。他的兒子朝著他傾身，說：「爸，你沒有趕我走，是我自己要離開你的，我是自願的。我永遠地拋棄你了。這也是你要的。」他想馬上回話給兒子——我感到非常愧疚，這份虧欠難以彌補！——但他卻什麼也說不出口。這對新婚夫妻只有向他揮手，慢慢駛離。此刻，許多栗子從樹上落下，堅硬沉重如石頭般散落四處，卻沒有打中他的頭，但他其實需要這樣的當頭棒喝——然後，他的孩子就這樣消失無蹤，他們將不再相見。

他躺在那裡，神色黯淡，彷彿將死那般盯著洞穴，他才在這裡看見了創造之物。他的時間到了，現在逃不出這面牆了。一只蝸牛殼，裡面彷彿是空的，它古怪地在土牆的底端往前衝，然後走走停停，直到他間或發現一隻黃蜂，在黃土的映襯之下幾乎難以辨識，那隻黃蜂向下俯衝，撞上蝸牛殼，想試著抓出殼中的腐屍。又一隻黃蜂出現，牠正攫住另一隻蜜蜂，在塵土中翻滾。他躺在那裡時，將泥地中初生的蕈菇挖了出來，他想拔掉它，卻發現需要非常用力，他愈來愈用力，結果反倒一頭栽進了蕈菇底下中空的地洞，他感到愈來愈漆黑，終至深不見底。

此時的他直冒冷汗，簡直要嚇死。真有這樣的東西？是的。冷汗比一般的汗水還黏稠，從每個毛孔流出，那種液體將人與外界隔絕，不讓一絲空氣流入皮膚。

此刻，夕陽照耀的土牆上出現了一道陰影，並非是光的投影，而是某人的影子，不疾不徐、謹慎地尾隨他，蹲伏在他的背後，那是一個女人的影子，他所遇過最美麗的影子——他還不曾見過這樣一個友善而真誠的影子！

女人的影子對他說：「不要在死去的事物當中尋覓生者了！你會擺脫緘默的。否則今天你閉口不說話，是會害死你自己的。你不出聲，不再只是代表你寡言。確實，一開始以及後來的一段時間，沉默為你放大了這世界。然而，你緘默的時間愈久，就會變成一種危險，最終危及生命。你持續的緘默不僅會讓你無法活在當下，即便那個當下對你來說有多重要；那緘默也會摧毀過去你所經歷的一切，一路追溯到那別具意義的童年。它會毀掉你的記憶，記憶失效，你在這個世界上就會無跡可尋，變得無足輕重。朋友啊，你已經逸出了世界的界線。你逸出了世界邊緣的彼岸，等同置身危險。因此你得學會開始說話、找到新詞，重新組構句子，大聲地說，或至少發出聲音。即便你說的話盡是可笑的謬誤——至少你再度開口了。今天晚上，在下方的薩拉戈薩[3]。我需要你的幫忙。沒錯，你沒聽錯——我需要你的幫忙。不過，為了能夠幫我，你得先開口說話！」

他的後腦勺被擊中，這次卻特別溫柔。女人的影子消失了。他轉過身，已經不見人影。現在他得離開草原。

他一下子變得匆忙。只有他這樣嗎？是的。他做了一件平常幾乎不會做的事——他開始奔跑。

現在一路都是下坡。偶爾他會用跳躍的步伐，一點也沒有停下來的意思。就算很久以前消失的東西突然攫住他的目光，他依然大步踏過，繼續往前跑。（那是他曾經在某處遺落之物，但他沒說那是什麼——莫非又是烏鴉送來的？）

在這樣的速度中，他的感知甚至更加敏銳了。草原上的小蜥

3　薩拉戈薩（Zaragoza），位於西班牙東北部之大城。

蜴，身長短如小指頭，牠沒有尾巴，飛也似地從草原奔進岩石裂縫。這段時間，他唯一遇見的那條蛇，長長的身形粗如手臂，呈灰黑色澤。劈啪一聲，牠朝著同樣灰黑的松樹樹幹猛撲，然後掛在上面靜止不動，就像藥局標誌裡蛇的姿態[4]。這個男人的目光，與在高處懸掛於樹上的蛇並無二致——從眼角透出犀利的眼光。

飛蛾從陰鬱的灰色草原中四散飛起，牠跟草原一樣灰，就在晚蝶忽然振翅的時候，這群飛蛾的翅膀則透著光，上面刻畫著星星、月亮與行星軌道，看起來有點像玻璃窗，不是中世紀的那種，而是有著近代的特徵。同時，空氣中發出了來自天體宇宙的嗡嗡訊號聲，那聲音來自地底的裂縫與洞穴——蟾蜍與蟋蟀正唧唧叫著。幾隻蝙蝠蠢蠢欲動，這時，他意識到這一幕將使他非常懷念。他不會再回頭。「若要回頭，我寧可死掉！」

幾個騎自行車橫越草原的人，率先帶來了城市的氣息。伴著煞車聲騎過一個又一個地平線，一路沿著山丘往下。我的說故事者這樣告訴我：「我跑步經過時用手邊的枴杖把牠打死了。此後，草原就再也沒有什麼大災害了。」另一個帶來城市氣息的是大大小小的「失物」，它們從地上被拾起，跟著他不斷地往前走，搖擺推進，一路向前——起初只有石頭或木棒，而今則有愈來愈多的空瓶、食品罐頭、電池跟磚塊取而代之。

4　此處指的是「阿斯克勒庇俄斯之杖」（Äskulapstab），又稱「蛇杖」（Schlangenstab），為象徵醫療之標誌，元素包含代表人體脊椎骨（中脈）的木棒，以及纏繞於其上的蛇。蛇象徵療傷、恢復與重生。此一圖騰源自於希臘神話醫療之神「阿斯克勒庇俄斯」（Asclepius）的故事，太陽神阿波羅之子，形象為手持蛇杖。

面對最後一道山脊，整座城市依附其上，下面的路仍看不清，這時，他聽見遠方傳來數千種音階的歌唱——原來那是汽車的聲音，一輛緊接著一輛，在下班後的高速公路暢通無阻地行駛。

首先映入眼簾的城市景象，是他腳下的機場跑道，降落燈就像手指那般替大家指路，空中則有一架運輸機正在某處盤旋，顯然正閃著訊號燈。在高地草原上，他站在原處面對著巨大的機身，與之齊高，手裡拿著一顆在草原某處撿到的馬鈴薯，他的身後杳無人跡，漸盈的月亮懸於其上，幾乎沒有光亮，他的前方，左右兩側則是高速公路與交錯的火車軌道——又回到了三角地帶。

無論如何，他自始至終都沒有進入那迴圈。因為這座城市所在的位置與他出發的聖塔菲相較，實在迥然不同——雖然是西班牙特有的草原，其實卻在低地之上，草原長滿了各式藥草與塊根植物；這樣很好，頭不再疼了。當他抵達山下，原本塞住的耳朵也暢通了。儘管這座城市只是個鄉下省城，但可以容納十個聖塔菲或是夜風之城，這座城市叫做薩拉戈薩，會不會又是一座剛好同名的城市？不是的，這真的是薩拉戈薩，遠處的低地有厄波羅河流過[5]。

現在得穿越薩拉戈薩這座大城，然後從城市北方出去。沿途步行花了他很長的時間，他也想一路走到最後，不斷地向前走。

路途遙遠並不是問題，沿途遇到的種種障礙才是。他又遇上了另一場冒險——從廣袤的草原來到眼下的三角地帶，用步行走進來會是一場冒險，甚至比步行出去還要冒險。

5　厄波羅河（Ebro），西班牙境內最長的河流。

他還跟自己打賭——在限定的時間內，直到抵達目的地之前，他要盡可能多地在草原行走，即便是在穿越城市的路上；恰恰在西班牙，依他的經驗，這件事情並非難以想像。尤其在運輸路線交錯的三角地帶，這些草原都被保存下來。因此他攀越高速公路的欄杆，在無數個時刻當中等待那唯一的時間點，伺機而動，奔跑、跳躍，來到另一端，以同樣的方式攀越鐵路路堤，克服了下一個高速公路的彎道，接著來到飛機場，而後是第二個地方火車路線，眼前這片三角地帶漫草荒煙、近乎空蕩，顯得更狹隘，路徑更小。他如是行走，直到進入城市深處，復又從中步行出來。

我那位說故事的朋友告訴我：「在這裡我不想多說。不過，如果有一天，您要寫一本當代的冒險之書，就應該說說從鄉間原野徒步到大都會的過程——假如這樣的原野還存在。」

有關他驚險的冒險故事，他只提到自己在橫越三角地帶時遇見的許多動物，空間愈是狹窄，愈是被交通工具包圍，動物就愈多、種類愈廣泛多元。在草原上錯失的那些較大型品種，如今在三角地帶的稀疏草地上遇見，愈往城市的方向就愈往內縮，最後縮得像一只籠子，基本上維持尖尖的形狀，然後形成愈來愈銳利的三角形，最後則化約成僅僅一根——那邊有一大群兔子跳躍著，無處不在，在牠們的近旁，甚至時不時會有一隻狐狸，在巢穴之前出沒，有時則是白色鼬鼠——彷彿牠們都知道，在那片鐵軌與路堤圍住的茂盛草地上，除了上空的飛機視角之外，其他的目光都可以躲開。

儘管他只是在薩拉戈薩的市中心閒逛，路途中還是得知這裡顯然正在舉行慶典，一如當時初抵夜風吹拂的城市時所意識到的那樣。無數的教堂敞開大門，裡面燈火通明，與處處關起門來的商店形成對比（在這些店家中，最明顯的就屬藥局了——他的目光正尋索著它們——這裡的藥局跟聖塔菲的不同，在這座大城市裡，藥局全數拉下了鐵捲門）。

是的，那是薩拉戈薩一年一度的聖柱聖母節，用來紀念畢拉爾聖母[6]。所以現在差不多十月中旬了？他已經離家這麼久了？

他加速奔跑，以為這樣可以抵銷失去的時間。這次的慶典，他完全沒瞧一眼。另一條旁側的街上，不經意傳來金屬材質的笛聲，在城裡的房子之間迴蕩，比在草原上更加刺耳，狂熱的吹奏聲在屋頂繚繞，每幾步就會重複一樣的曲調，小販挨家挨戶地經過，那聲音更加狂野不羈、忘乎所以，同時保有一種時時準備服務大家的禮貌，以及帶有距離的儀節——無論是不是假日，推車總是來做生意的。對流動商人來說，重點不是音樂，而是叫賣自己的商品，這些叫喊聲穿透了所有節慶上的喧囂。

小販的旅途跟他一樣，越過一個又一個鄉間省城，如今已經過了好幾個星期，大家各自用自己的方式上路，並且在同一時刻抵達大都會。

喧聲在遠處平行的小巷持續著，與他的距離恆定，一起往厄波羅河的方向去。他的眼眶溼潤——那是他有史以來的第一次；還是多久沒有這樣了？這時候，他只想馬上去找小販，向對方買東西。

他們終究要在石橋[7]相會，在那裡，他讓小販幫他磨刀。

---

6 聖母節（Nuestra Señora del Pilar），為西班牙薩拉戈薩的節日，於每年十月十二日舉行，用來紀念曾經於石柱顯靈之畢拉爾聖母。

7 石橋（Puente de Piedra），西班牙橫跨厄波羅河的橋，位於薩拉戈薩，又名「獅子橋」。

夜幕低垂。薩拉戈薩漸漸顯出之前夜風之城的特性。他去赴約——不是前往納瓦拉[8]某座宮殿，而是到厄波羅河北部的邊境公車站。

僅管他不覺得累，膝蓋還是不聽使喚。到公車站的路迢迢。公車站是一個長形且無牆的建築，它位於一條通往城外公路幹線的終點，這條幹線的一邊，沿路都是住房，另一邊則與另一片空蕩蕩的草原接壤。許多厚重的水泥圓柱撐住車站的屋頂，每根柱子都標出了登車月臺及其不同的目的地，往樂斯卡、樂利達、圖德拉，還有越過庇里牛斯山[9]的更遠之地。柱腳都裝上了基座，天色已暗，儘管有個採光良好的玻璃牆等候區，行人還是寧可蹲伏在這二十多根柱子的基座上——那幅景象彷彿是鎮上慶典的另一種版本——而且是一人一個。還有些人站著，背靠著水泥圓柱。

他也靠坐在自己的基座上，那是離街道最近的一根柱子。行經的卡車帶來陣陣的風，向他吹去。駛進車站的公車在列隊的柱子映襯下，縮成小小的車輛，來到眼前又變得巨大。街上的屋舍彷彿空無一人。由於慶典集中在城裡某區，其他地區於是顯得相對荒涼了。塑膠碎片隨風飄到城外。薊草的孢子銀光閃閃，包覆在草原的荊棘之中，沿地面滾向城市，間或隨風躍起。時間是否不再流逝？

此刻，他感覺到有一隻手，比任何時刻都溫暖且溫柔地放在他肩上。另一隻手則放在他的額頭上，接著又出現另一隻手。許多隻

8 納瓦拉（Navarra），西班牙北部的自治區。

9 庇里牛斯山（Pyrenäen），歐洲西南部山脈，分隔歐陸與伊比利半島，法國與西班牙之天然國界。

手放在他身上，並且把一件大衣披在他的肩膀上——他渾身發冷。這時，尾隨他的那個女人說：「你睡了，對嗎？」

停在他面前的車輛，敞開著摺疊車門等人上車，那不再是桑塔納越野車，也不是上次看見的那輛車身幾乎等長巴士的桑塔納，而是一輛真正的巴士。它在車站看來與其他車輛並無二致，只有一個地方不同——這輛車沒有其他乘客，只有他們兩人上車——她坐上駕駛座，他坐在她旁邊像是給導遊坐的獨立座位，那椅子可以旋轉，而且顯然比她的座位低得多。

他坐在這裡，背對著行駛方向，然後兩人一起穿過原野，在路途上共度所有的時間。到了夜晚，看著一列列空無一人的座位，白天則看著不斷往後退的事物消失在視野，新的事物取而代之，映入眼簾；這些事物並不容易事先察覺，而是當巴士的高度跟它們一樣，才有發現的可能——那些細節要在特定情況才會被察覺，先是大剌剌地出現，接著則愈來愈小。背對著行駛方向——會不會那也是漸漸變老的姿勢？我那位說故事的朋友說：「無論如何，我決定了，假如人生中有一次洲際旅行，我一定要找機會坐在背對行駛方向的位置，而且還要靠窗。」

不過，他們還並未駛離前。在薩拉戈薩的公車站，女人先是坐在他身旁的基座上，說：「怎麼樣？」

他感覺自己彷彿是第一次從正面看她。她很美。這樣的事情難得發生，不只是在這個故事的時空背景下。她聽他說話時，他咬下最苦的那塊草原蕈菇，讓苦味在舌頭中央漫開，一路苦到髮梢與腳趾，最後情不自禁地張開雙唇。不知道是從什麼時候開始的？——為了讓他繼續說話，她專注地聽著他所說的字字句句。他開始冒汗，不同於之前很長一段時間冒的那種冷汗。她開始大笑。她是在嘲笑他嗎？他的心開始淌血。有這樣的東西嗎？是啊，有的。終於，他的心開始淌血，他又可以說話了，一開始他只能喊：「妳想對我做什麼？妳要對我做什麼？告訴我，妳要什麼？」

當他恢復了說話的能力，或是此前不久的時刻，愛情擊中了他，他的腦海閃現著：「太遲，太遲了，真的太晚了！」他大概說了這樣的話：「爛透了，又是他，還有她。好啊，怎樣。爛透了，不會太久的。那是什麼時候的事？曾經有人對我很好，不只一人，也不只一次。爛透了，那我呢？只有那個時刻要好。然後一切就變調了。曾經好過，現在又一個人了。不跟任何人說話。爛透了。活著！為誰活著？高貴的人。噢，許多高貴的人。誰來救他們？誰來確保他們的權利？把他們從死亡中喚醒的東西！草原小販的紀念碑。爛透了！我曾經因為有孩子而感到快樂。為他們犧牲。我的妻子與母親也是。父親，我親愛的孩子！祖父啊，你這奇怪的小男生。爛透了。一切都會變好的。以前一切從來都不好。今天實際上比過去的每天都好。為何每年慶祝聖母升天節的日子早於聖誕節？

『我記不得了』——我的祖母總是這樣回答。還是那是外祖母說的？『我記不得了。』她說這話的方式，成為我所聽過最美的句子之一。『我記不得了。』她所有的兒子幾乎都死在戰場上，剩下一個。她因癌症安靜地死去。噢，爛透了！我曾佇立在厄波羅河畔的石橋上，那也是好久以前的事了。如果我現在不趕快回家，那麼我就永遠回不去了。」

這時兩人相擁，又或者是她抱住了他。他的身體很重，因此出現了一陣悶響。他們依然沒有啟程，而是先去火車站的酒吧喝咖啡。他們沒喝牙買加的藍山咖啡，也不用咖啡杯，而是用玻璃杯。餐廳裡有個贏家正拿掉他頭髮上的羽毛——不是草原老鷹身上的羽毛。她幫他剪指甲——沒人看他們。他的鞋子穿反了，她幫他穿回去——哪有人可以穿這樣走這麼遠？她給他一件大衣，讓他到廁所換上。

這件西裝外套是否屬於她死去的丈夫？她什麼也沒說；她幾乎不說話；只有一次，她開口了，是在巴士裡，車子啟動前的時候：「你讀的中世紀史詩，有一段講到有人錯愛了一個女人，還錯誤地娶她為妻。他用魔藥讓自己幻想在夜裡占有她，一輩子那麼長。而現在，這種幻象不需要魔藥就可以持續存在，這是大家早已普遍知道的。跟我在一起的那男人，他還以為自己曾經跟我在一起過。這樣的幻想真是侮辱人！所以他一死，我就馬上把他的東西從我的房子清出去。在他死前，我意識到他明白跟我之間發生的一切盡是虛妄。早在我丈夫過世之前，我就打定主意了！要是我再度陷入對某人的愛火之中，那麼我一看到對方，就會好好揍他！」

那位女駕駛並沒有把說故事的人用最便捷的方式載回家。他們每次究竟是在哪裡轉彎的，他沒有告訴我，我也一點都不想知道。

他們倆一起經歷了什麼？他只告訴我他們一起聽見與看見的。就算是一起嗅聞到的一切，以他敘述事情的方式，也不可能表達出來。「在潘普洛納[10]城郊，我們看見庇里牛斯山上的初雪。我們在比亞希茲[11]燈塔懸崖邊，聆聽海的聲音；海洋波濤洶湧，浪花襲捲自四面八方，使我們以為自己置身於海洋最後一個礁島之上。我們來到土魯斯[12]一帶，在一座介於加龍河[13]與米迪運河[14]之間的村莊落腳，有個小孩走過來，整個下午給我們帶來許多東西，蘋果、石頭、羽毛、壞掉的卡帶、鬆緊帶、兩顆葡萄、兩條小魚，一隻死掉的鼴鼠，最後還有一張據說是為我們畫的圖畫。在納博訥[15]附近的鹽場上，我們登上鹽山的山脊，坐在頂端，望向空曠、布滿石頭的土地，我們腳下鹽礦晶體發出扎扎響聲，愈來愈響亮。日間旅行愈往北去，我們聽見闊葉林某處發出刺耳的嘎吱聲，像是橫越田野的腳踏車忽然踩了煞車；我們頭頂上方的高處，可以看見一棵樹的枝椏壓在另一棵樹的樹杈上，一陣風吹來，使它們撫摩、晃動，陸陸續續發出一道尖聲、一聲嗚咽，間或一次嘆息。一天一夜之後，我們花了數小時旁觀兩隻貓彼此求歡。走過幾條河、幾座山、幾處氣候有別之地，各種邊界在我們身後，這時我們在阿爾卑斯山一處幾近廢棄的隘口停下，從巴士的拱形窗戶望出去，窗外的景致被放大，映入眼簾的是白皚皚一片、雪白光潔的山景，看不見一點岩石縫隙與壁面，在最蔚藍的天空、最溫暖且最寂靜的太陽底下，那片山景綿延而去，積雪的地底下，幾條小溪流經，留下了幾道凹陷的

---

10 潘普洛納（Pamplona），西班牙北部城市，鄰近法國邊境，西班牙奔牛節起源地。
11 比亞希茲（Biarritz），法國西南部邊境城市，面朝大西洋。
12 土魯斯（Toulouse），法國西南部城市。
13 加龍河（Garonne），歐洲西南部河流，流經法國與西班牙，為法國五大河流之一。
14 米迪運河（Canal du Midi），法國南部運河，連結加龍河與地中海。
15 納博訥（Narbonne），法國南部邊境城市，面朝地中海。

弧線；一道明媚的陽光灑下，『熠熠生輝』，從前我們這麼形容；終年積雪的地底深處，有兩條小溪匯流，那裡的淺淺山谷因覆著白雪而顯得格外柔軟，白色丘陵當中唯一一小塊陰影遮蔽的地方，陽光依然穿透，比在其他地方更溫暖地閃耀，而顯熾熱。我們並沒有只是不斷地開下去，或者停下來，這段時間，我們徒步走在石頭與山嶺之上，我想，如果有人看見我們這樣，即便是早已不再企盼夢中情人出現的人，看到我們倆的行動也必定會心跳加速，至少在某一個時刻，至少是從遠處！」

行走的路途上，她在返程又跟他說了幾句話：「這就是你吸引我的原因，無論是好或壞的方面，因為我曾經聽說，你是溫特斯貝格山與佩內德斯[16]走廊之間，唯一一個看起來有故事要說的人，就算那是一個遠比勇士逃出激烈的特洛伊戰爭還要悲傷許多的故事。」在他倆另一次的行走當中，她對他說：「我在草原邊緣的木棚屋中躺了好久，直到我變得純淨為止。」

有這樣的事？純淨可以重拾？後來怎麼樣了？

在一個秋天晚上，他們抵達薩爾斯堡一帶。女人將巴士停在機場前，然後他們一起走往西邊延伸的田間小路，往他房子的方向去。他們眼前的景象，每個畫面都銳利，每個聲響都像道別前的最後一響。突然間，他感到害怕，害怕接下來的人生，或是接下來的日子，或是只因為害怕明天沒有她，他說：「待在我身邊吧。」她說：「不。你難道不知道現在太遲了？至少對於我們兩人真的太遲

16 佩內德斯（Penedes），位於西班牙加泰隆尼亞的一座城市。

了——對其他的兩人也許還不遲。」他說：「是妳請我幫忙的。」她說：「你已經幫了我。」她回到她的巴士，他繼續往回家的路上。不過，在離別之際，兩人彷彿萌生了愛意。

邊界河堤旁的住宅街區，唯一一間商店已經打烊，展示櫥窗亮著——聖誕降臨日曆怎麼已經擺上了？話說回來，十月中旬，薩拉戈薩的樂透小販也在街角叫賣聖誕樂透了。

秋天落葉大片大片地被吹進商店深處。他爬到堤壩後面，想看看薩拉赫河，那條界河。河流都做些什麼？兀自流著。當他抵達家門口，才發現自己不知不覺地手持著鑰匙，緊緊揪住，這樣已經多久了？

房子昏暗。儘管外面風吹雨打，他還是先不進屋。一個鄰居的孩子走過來，在這條空無一人的街上，經過他時說：「我認得你。你住在這裡。這是你的房子。你是塔克桑的藥劑師。」這孩子說得如此懇切。他的車停在屋前，引擎發出砰砰聲響，彷彿剛剛才停妥。

他先是繞了一遍花園。所有水果都已收成，只有無花果樹上還有一些果實，其中一顆在他行經時落到他的嘴上。在這麼北方之地，無花果樹竟然還能長出即將成熟的無花果？對，這個世界無奇不有。

他閉上眼睛走路，彷彿有人扶著他的手前進。睜開眼！從隔壁鄰居的花園蔓生而來的雪松，底下有蕈菇在黑暗中閃閃發光，三朵、九朵、十五朵、二十七朵……不，甚至是二十八朵，它們的高度及膝，一如所有的傘菇，全都被雨水澆灌。「我們就暫時不管你們了！」（他說「我們」。）

有些不尋常的事情在他的屋門前發生了。一棵樹的樹根衝破土壤、長到地面，橫亙在他家門口。他打開二樓妻子的門，這時，他聽見一陣聲響，好像有什麼輕巧的小東西撞上了地面。他的妻子一如以往地出門，而旅行歸來之後依然與他分居，繼續生活在房子另一頭——她的生活用品，即使他看不見，也知道它們永遠展現出一種極其不穩定的秩序，一點風吹草動就會翻滾墜落。

「我們分開，當然不是蕈菇造成的。」塔克桑的藥劑師說。「有一次，我忘了是什麼時候，也不知道怎麼發生的，總之我傷了這個女人不淺，儘管並非不能和解，她還是沒法繼續跟我在一起了。不過，她也沒辦法踏出家門了。我覺得我們兩個不只是唯一這樣的人。」

他所居住的房子另一頭，一切都跟之前離開時一樣。唯一的來信是他女兒從度假島嶼寄來的幾張卡片；這段時間，女兒早就回來了，回到藥局，有一天，藥局遲早會變成她的。「親愛的爸爸」，這五個字令他欣喜。接著她開始分析他在夏天割除的額頭小腫塊。

「然後呢？」他沒告訴我。

他坐在黑暗中，面對著空蕩蕩的白牆，河畔的街燈與花園的樹影映在牆上，在暴風雨中猛烈地東搖西晃，風雨止息的那些片刻，它們就像賽跑的人停在起跑點，一動也不動——現在又開始打雷了！他閉上眼睛，隔著眼皮，他看見陽光灑滿草原，不斷延伸，包覆了整個世界。漸漸地，這幢房屋被死去的人們所居住。當中是不是也包括了他兒子？「沒有，這次沒有。」

一根斧頭揮向他的頸子，他的頭被重重擊落到胸前。他被處決了？不，他只是睡著了。然而，那強大的力量使他的頭往前拋落，使他以為光是安靜地坐著，也是有斷頸的可能。他開始恍神，走向床上。不行，還不是睡覺的時候。

他走進地下室，平常他在家，總是避免到那裡去。不過，今天他在地下室卻感覺非常舒適。有一次，他夢見那裡被許多陌生人侵入。如今地下室無人寂靜。

上樓讀書。打開閱讀燈。他瞥見自己的鞋帶，因為有個泛黃的東西插在上面，顯眼地突出來——那是草原上的一根草莖。打開史詩《伊萬或獅子騎士》[17]。那時候讀到哪裡了呢？當時倉促地出發，以至於忘了插入書籤？

終於，他找到最後閱讀的位置。他繼續讀著，又突然停下來，開始顫抖。現在他顫抖著。現在才開始顫抖。

17 《伊萬或獅子騎士》（*Ivain oder der Löwenritter*, 1180-1190，法語：*Yvain ou Le Chevalier au lion*）為法國吟遊詩人克雷蒂安·特魯瓦（Chrétien de Troyes, 1140-1190）以古法語所撰寫的騎士小說，體裁為敘事史詩。

終章

後來，我跟藥劑師約在深冬會面，那時他正在塔克桑藥局值夜班，在小鎮的市中心，他那間低矮的碉堡矗立在大片的草坪上，附近有零星的住宅圍繞。

他花了超過半個夜晚的時間，斷斷續續地跟我說他的夏天故事。當中有個老女人走進來，買了治療胸痛的藥粉，據說只有他懂得這種藥的配方。第二次門鈴響，已經過了午夜時分——一名年輕父親帶著他那從床上跌落，頭破血流的孩子進來，讓穿著白袍的藥劑師為他塗藥，貼上繃帶。另外一次，也是三更半夜，藥劑師聽見鄰居的求救聲，趕緊跳起來，儘管那叫聲其實來自某戶人家電視機的午夜電影。另一次，突然從外面傳來一陣淒厲的嚎叫，應該是動物的叫聲，好像一隻狗被撞倒那般，藥房的實驗室裡，那聲音顯得更大了——一個看不出年齡的男人，貌似被劇痛侵襲，抑或是苦於憂傷可憐的處境，導致他只能這樣慘叫，支支吾吾地伴著幾個聽不清楚的音節。有段時間，他的手扭在一起、瞪大眼睛，就這樣將自己交託給藥劑師，兩人面對面，旋即又一片靜默，如此消失在黑暗之中。

值得注意的是，不論發生什麼事，藥劑師在這窄小的空間工作，調配藥粉配方，或是包紮傷口，動作都不大，幾乎沒有發出聲響；是他改變了工作方式嗎？他每次只給出最小單位的藥品，最小的盒子，或是僅僅幾顆藥丸；藥粉與藥水只給一匙；玻璃瓶都附藥匙，就像巴爾幹半島用來待客的那種小茶匙，只是本來用來舀蜂蜜，現在拿來舀藥水。

看他在裡面忙，我的身體也跟著暖了起來。就算他工作時獨自一人，你也會感受到，他在為某個人、為其他人做這些事。而這些缺席的他人，可以說都是他的親屬。

有一夜，有個人從遠方趕來投靠他，藥劑師在兩人還有段距離時跑去迎接。接著他把藥劑師的手臂往背後拉，藥劑師手裡正拿著什麼揮舞著，應該是處方箋。他一語不發，近乎暴力地推開藥劑師。

距離冬日黎明來臨，時間尚早，藥劑師說完了他的故事，然後，他為我們煮了藍山咖啡，我一聞就感到特別。

接著，我們走到戶外，站在有薔薇灌木的草地上，一朵花在灌木頂，還沒凋謝，土壤底下還有一些草莓，淺紅色，還能吃。藥劑師褪下白袍，換上大衣，不過，就算他沒這麼做，光是他踏出室外的第一步，我就覺得藥物的氣味已然消散。

我在一旁觀察他。我不知道自己為什麼始終抗拒去描述人們的臉與身體，尤其是他們的特質，就算描寫得再好，我讀起來還是很不自在，彷彿這樣是不合時宜的。再怎麼說，現在也許時候到了，至少要描述一下藥劑師的外表——他並不特別高大，但有些寬厚，寬厚的肩膀，而他寬厚得最顯眼的部位，或者說唯一顯眼的部位，就屬他的鼻子了——兩個鼻孔在鼻翼上高高隆起。而他深色的皮膚也有些不尋常，並不是曬黑的。有一回，他跟我說起自己在大學時期的戲劇演出，參與這齣自由改編的美索不達米亞吉爾伽美什史詩[1]——飾演國王？他沒理會我的問題。

在那裡，我想起年少時候，街上好多人都競相模仿當時的電影明星，後來我再也沒看到這些情景，除了現在，在塔克桑藥劑師這邊，他讓我想起賈利·古柏[2]、佩德羅·阿門達雷茲[3]與其他英雄們，同時也還想起喜劇演員斯坦·勞萊[4]、傑利·路易斯[5]，

1 吉爾伽美什史詩（Gilgamesch-Epos），美索不達米亞的古老英雄史詩，為目前已發現世界最早的英雄史詩。

2 賈利·古柏（Gary Cooper, 1901-1961），美國知名演員，曾獲兩次奧斯卡最佳男主角獎與終身成就獎。

3 佩德羅·阿門達雷茲（Pedro Armendáriz, 1912-1963），墨西哥演員。

4 斯坦·勞萊（Stan Laurel, 1890-1965），英國電影喜劇演員。

5 傑利·路易斯（Jerry Lewis, 1926-2017），美國喜劇演員。

尤其是巴斯特・基頓[6]；不過我也會想起些女明星，那些看似遙不可及的她們；還有專演反派的明星，像愛德華・羅賓遜[7]與歐尼斯・鮑寧[8]。會想起他們，並非他長得像這些明星，或許是因為我聽見的一個故事，更有可能的是，我用他的方式去看，追蹤事情的發展過程——在他眼中，萬物的速度似乎都是一樣的，沒有誰比較快或比較慢，兩者之間沒有差別；一輛踩滿油門的汽車駛過，對他而言，就像熱騰騰的咖啡蒸氣從玻璃杯中升起，兩者之間並無二致，他用同樣平靜的眼神看著。但他不是曾告訴我一些完全不同的事？譬如速度太快，光是看著，就會讓他陷入恐慌？

我問他是否因為自己的故事改變了自我。

他回答：「之前我發過誓，只要我回到這裡，我就會脫胎換骨！結果，我唯一改變的似乎只有腳變大了，得買新鞋了。」

我問他，為何成為了一名藥劑師。

「家族的緣故，我們是藥劑師家族。我們家族在上塔特拉山[9]甚至還有自己的家徽。」他回答。

他又問我是不是故意不寫筆記。我點頭稱是。

「這樣很好。重要的是，你要把我所告訴你的詳細寫下來，否則它會隨風而逝。不過，我希望能以白紙黑字寫下來。我想要我的

---

6 巴斯特・基頓（Buster Keaton, 1895-1966），美國喜劇演員。

7 愛德華・羅賓遜（Edward G. Robinson, 1893-1973），羅馬尼亞裔美國演員。

8 歐尼斯・鮑寧（Ernest Borgnine, 1917-2012），美國電影演員。

9 上塔特拉山（Hohe Tatra），位於斯洛伐克北部與波蘭南部的山脈，屬於中歐塔特拉山脈的一部分。

故事被書寫。如果只是說出來或聊一聊，這些事情一點也無法回到我身邊。寫下來就不一樣了。到頭來，我也還是希望從自己的故事當中得到一些什麼。談話與書寫，兩者之間存在著差別。那是攸關生命的。我想看見自己的故事被寫下來。我看見它們被寫下。故事本身也希望如此。」他說。

我問：「可是，還有誰會想讀這個故事？你看，今天大家都是怎麼說故事的？既不在露天市集，也不在宮廷裡，故事不說給市民階層，甚至不對其他任何一個單獨的個體，它只說給自己聽——也就是說給遭逢那故事的人聽？」

他回答：「也許這正是說故事最原始的形式？也許第一個故事就是這樣開始說的？」

塔克桑的天空沒有星星，全然漆黑一片，曾有短暫片刻，月光映現在維納斯貝殼狀的雲朵後面。「塔森菲！」坐在我身旁的男人大喊。

這裡也吹晚風，雖然幾乎察覺不到，但是風勢卻相同。彷彿還有第二道風往他吹去，那是一陣撫觸，只為我們這些站在野外的人而存在。我們頸間的毛髮豎起。一隻蟋蟀在我們的身後鳴唱。在深冬時節？對的。那種鳴唱並不來自底下，而是來自上面，從藥局牆壁的裂隙中傳來。在黑暗中，遠方一個醉鬼蹣跚走著。

藥劑師說：「不。我認得他。他沒醉，他是被妻子與小孩拋棄了。我至少要跟他打聲招呼。」他走上前，真的這麼做了。黑暗中不知何處，有個非常年輕的女孩走著，雙手抱著一個彷彿剛出世的嬰孩。

藥劑師又往黑夜裡走了幾步。像在草原那樣的步伐？倒不如說是小孩子般地邁開大步，以免跌倒。他的手指著一個方向，然後轉過頭來看我，肩上的那張臉扭曲著，他說，在他的故事發生後不久，那裡便發生了戰爭，直到現在。突然間，他不經意地將一顆石頭擲向黑暗，彷彿他也能像任何其他人那樣，暴力地參與戰事。他是否也在這當中改變了自己？他很快地回到藥局，很快地又到外面去，把一份燒起來的報紙往石頭丟去。

「後來我才明白，」他之後提起了這件事，那時天快亮了，我們坐在藥房實驗室的小桌前，「明白自己一直以來都有意無意地期待在機場森林邊緣遭受的那一擊，只是希望被擊中肚子，而不是我的頭。對了，如果你寫到了我打兒子的段落，我建議你這樣寫，說我就是一掌打下去，不是隨隨便便地打，相反地——舉起手卻不打，尤其對自己的孩子，那是比真正打下去還醜陋且令人苦惱的。」

之後，我終於可以好好地問他問題了——他會不會渴望再經歷一次像今年這樣的冒險？「真奇怪的一年！」他只這麼回答，然後說：「在這裡獨自工作，我常感到快活。但這樣是不夠的。所以孤單與愧疚都來找我了。」

「愧疚是因為發生的故事裡，種種的錯誤跟錯過嗎？」

「是的，我在自己的故事犯了些錯。如果再來一回，我想繼續錯下去！無論我身在何處、去向何方，我已經準備好迎接下一場冒險，收穫下一個重要的消遣。也許與其說是渴望，不如說是貪婪。就像我的老師帕拉塞爾蘇斯[10]說的，在他有關蕈菇的斷簡殘編當中提到，只要有人看見珍貴之物，同一時刻，他已經開始期待張望下一個珍貴之物。只是我似乎再也找不到那個尤其黑得發亮的入口了。當時，在我的故事發生之際，我還擁有它。我該拿什麼來交換，好讓我再次找到那個入口！」

「機場森林的空地，有西克莫無花果樹與泉源——那地方是否還在？」

「那塊地被開墾，水也排掉了。因為要蓋新房舍，這樣也是有理的。」

「你那兩位旅伴，詩人與世界冠軍，你跟他們在這裡有沒有再見上一面？」

「有的，在地窖餐廳。再說了，我為什麼應該迴避這間餐廳跟他們倆？我們是偶然相識的朋友，雖然我那時候是個啞巴，如今他們都不會因為聽見我說話了而驚奇。正是因為大家是偶然相識的朋友，我時常感覺這比好朋友的聯繫更長久，也更不危險。」

「那麼，那座夜裡吹著晚風的城市如何了呢？」

「街上的多數人奪走了權力，他們正試著建造獨立國家。目前其中一場戰爭正在那裡發生，主要的地點就在那片原野。」

此後，我的提問幾乎只限於「然後呢？」——「然後呢？」——藥劑師說：「有一天，不是我敵人的那個她，會踏進

10 帕拉塞爾蘇斯（Paracelsus, 1493-1541），中世紀德國文藝復興時期的瑞士醫生、鍊金術士與占星師。

我的房子。」「然後呢？」——「您也這樣覺得嗎？我感覺身邊好像沒有同年齡的人；看起來大家不是老我很多，就是小我很多。」——「然後呢？」——「我心裡感覺自己在變老，儘管還是有幹勁，也許還比之前強勁，卻再也沒有衝動對外實現這種幹勁。有些東西在我眼前，似乎在期待我去觸碰，而我只是從左右兩旁走過。」——「然後呢？」——「夢想是如何停止的，大家通常會記得一清二楚。至於夢想是如何開始的，幾乎沒人記得！」

然後我再一次細問：「你會唱歌嗎？」——他之前整費盡千辛萬苦整夜說話，還是差點啞口無言，頂多嘴唇動一下（光看就覺得痛），他站起來，在一捆草原作物前欠身，那捆作物確實很厚實，他深深地吸一口氣，然後將吐出的氣哼成簡單的曲調，就這麼唱起歌來，他的聲音並不嘹亮，卻能穿透，那首歌如下，聽來彷彿準備了好久，他悄悄地練習著：

他們帶著莫名的脆弱，墜入彼此懷中。
他們在彼此身上找到莫名的快樂。
他們在莫名的疲憊之中躺臥在一起。
他們在莫名的驚奇之中醒來。
他們帶著莫名的不耐，從每扇窗戶看出去。
他們用莫名的耐心繼續走下去。
他們莫名地愛著彼此。
他們在一起，莫名地自由自在。

他們在一起，莫名地勇敢起來。
他們在一起，莫名地覺得感激。
他們莫名地為彼此付出。

他們流汗，
他們喊叫，
他們哭泣，
他們流血，
他們沉默並且
莫名地向對方傾訴。

他們莫名悲傷地離開彼此。

他們對無以名之感到
莫名的憤怒，於是各走各的路。

直到清晨，需要去藥局的人們才消失了蹤影。通常藥劑師開口的第一句話都是：「請問您需要什麼？」我們沉默了幾個鐘頭，在依舊陰暗的天色中等待雪的降臨。

在這塔克桑的三角地帶，有飛機跑道、火車軌道與高速公路交錯，所有聲音清晰可辨，陰沉而清晰的十二月天，此時正開始。藥劑師親自送我到門口，我想起有段時間，總要等到晨起的第一群鳥兒飛過天際，我才肯開始寫作。我們站在那裡一會兒。

我說：「我並不願意把草原寫進你的故事裡。首先，歐洲哪裡還有草原？再來，我不喜歡這個詞。我覺得『草原』一詞被濫用了。」

藥劑師回答：「但我的故事並不是發生在『草地』，也不是什麼『北美大草原』。是『草原』！我去的地方是『草原』。我橫越了『草原』。有些詞是沒辦法取代的，甚至經過幾千年，保持相同形式的這種詞很少，譬如rossignol，也就是『夜鶯』，它的拼法從中世紀史詩到現在都沒有變，或是『歡樂』、『淺灘』、『權利』、『消失』等古字。草原與地帶這些概念也都是有的。幾乎所有西班牙城市都分布在草原地帶。草原城市之間相隔數百哩遠，阿維拉[11]、薩拉曼卡[12]，還有馬德里也是。格拉納達[13]的阿爾罕布拉宮[14]正是蓋在可以俯瞰草原的岩石岬角上。從哥多華[15]的馬茲奎納宮殿出發，幾步路就可以走到瓜達幾維河[16]，那裡與草原接壤，草原上有山羊垂著乳房漫步。塔克桑也是有草原的，或者說得難聽一點，都成了荒漠，不只是在鐵路的路堤，還有那塊本來預定給馬戲團的地也是，可是他們反正也不會再來了。在我的實驗室裡，有一束草原作物，沒有花朵，只有花萼與花托，永恆、空蕩，百種形狀。我永遠都不會丟棄這一束作物！曾有一回，我坐在草原上，在一棵遺世獨立的樹下，後面有東西撞上我，彷彿一匹馬在踢我，要我騎上去——其實是風吹的緣故，讓草原上的樹產生了力道。過去是草原，現在也是，它的名字就是『草原』。你得讓聽我故事的讀者對草原感到興趣，當然還要讓他們害怕它。你聞聞看！雖然我不知道

---

11 阿維拉（Ávila），西班牙中部城市。

12 薩拉曼卡（Salamanca），西班牙西部城市。

13 格拉納達（Granada），西班牙南部城市，著名的摩爾人皇宮阿爾罕布拉宮所在地。

14 阿爾罕布拉宮（Alhambra），中世紀伊比利半島摩爾王朝時期修建之宮殿。

15 哥多華（Córdoba），西班牙南部城市。

16 瓜達幾維河（Guadalquivir），西班牙第五大河。

嗅覺的感官當中是否存有最多的記憶。不過，只要時常練習，嗅覺感官肯定能防止健忘。來，嘗嘗看，乾燥苦澀的草原蕈菇——很能治療頭痛，還有妄想症狀、花言巧語、啞口無言與孤獨無力。」

「處方先生說話了！」我想著——此時我才看到藥劑師額頭上的疤，還沒有完全好。

他停頓了一會兒後說：「我在草原那邊，好一段時間很佩服自己，佩服一個老人，尤其是對自己感到佩服。相信我，不然你看——如果一個人沒有時常佩服自己，就不值得一信。」

早在第一隻鳥飛過之前，跑步的人就已經出現——塔克桑也有了慢跑的人？他邊跑邊喘，彷彿置身最後一場世界大戰，呼喚著自己的母親。

又過了一會兒，藥劑師說：「而且，你得在我的故事裡提到『停歇』這個詞。『他停歇了。』首先，那是一個美麗的德文字，innehalten，充滿詩意。這種停歇會生出力量，它是一種介入，進入事件，進入看不見的事件中，進入看不見的世界歷史，進入現象之流，進入言談之中，它回歸自我與內在，可以用來抵抗狂躁的心靈與耳朵，治療胃絞痛，此外還有更多益處。」

長久的停歇之後，最後的處方就是：「從現在開始，請你只寫愛情故事！除了愛情與冒險故事，什麼都不要寫！——有人走了。屋內一片靜寂。但是有些事情還不明朗——我沒聽見某一道門關上的聲音。」

「下雪吧！」我們之中的一人開口。結果真的開始飄雪了。

「是雪，下雪了！」我們異口同聲。

此刻，早晨的第一批鳥兒終於飛來。一隻肥碩的烏鴉大喊著，牠伸長脖子，彷彿要勒死一條蛇那般。

「烏鴉，儘管大聲叫吧。」塔克桑的藥劑師說著，此刻他已久久無法言語，卻不禁發出了聲音：「我太知道了，其實你也能用另一種方式叫。」

寫於一九九六年夏秋

推薦跋

冒險的意義在無限延伸的蕈菇之後

——沐羽（作家，著有小說集《煙街》）

《在漆黑的夜晚，我離開了我安靜的房子》（下稱《離開》）是一部靜謐緩慢的作品，從一個「冒險—歸鄉」的探尋結構出發回來。這部作品也許與過往繁中翻譯的彼得．漢德克截然不同，單以木馬出版的作品為例：它沒有《守門員的焦慮》的狂暴反思，沒有《夢外之悲》的連綿不絕，也沒有《第二把劍》的喋喋不休。

故事要從一九七九年漢德克選擇離群索居開始講起。那年他從巴黎搬回故鄉奧地利，並在薩爾斯堡落腳。這座城市是莫扎特的出生地，也是阿爾卑斯山的門戶，後來成為了《離開》的故事舞臺，那座安靜的房子就在這裡的郊區。搬家同年，漢德克出版了《緩慢的歸鄉》，寫道「由於這幾個月的觀察，在大致了解了其形態及產生過程之後，他眼前的這片荒野已經全然成為他個人的空間。」我們要記得這種把物理空間吸納成想像空間的想法，自此直到《第二把劍》，這種觀看世界的邏輯從未停歇。遠離人群，在於漢德克對於現實世界的厭倦，也因為自然的壯闊美景。《緩慢的歸鄉》裡，漢德克在自然裡尋找規則，並從封閉式的自省推演出能應用於全世界的邏輯。

一九八七年，在女兒高中畢業後，漢德克展開了數年的環球旅行，同年於西班牙出版了一篇名為〈試論疲倦〉的文章，分析人類各種各樣的疲倦，並把疲倦定義為生存的一個基本前提。而通過疲倦，人學會了重新感知、理解、認識與欣賞事物。這篇文章影響了後來的德國哲學家韓炳哲，在他的《倦怠社會》裡，漢德克的疲倦被整合為「倦怠」概念，「根本性的倦怠取消了孤立的主體，產生了一種毋須親緣關係的集體社群，喚起了一種特殊的生活節奏、一種團結的氛圍」。像廣東話所講的：呢幾年大家都攰啦。奇特的地方在於，漢德克儘管離群，對於社會的分析卻依然一針見血。

只是過了九年後的一九九七，出版我們手上這本《離開》時的漢德克，卻已經是截然不同了。剛好在前一年他發表了可說是惡名昭彰的《河流之旅：塞爾維亞的正義》，文章對南斯拉夫內戰這場被稱為是二戰後最慘烈的歐洲戰爭有著與常人截然不同的理解。漢德克對於北約轟炸導致二十萬塞爾維亞人流離失所大表不滿，又認為西方媒體的敘事誤導大眾，他指媒體告訴社會大眾北約展開轟炸的原因——塞爾維亞軍隊嘗試對當地居民實施種族滅絕的行動，如德雷尼察屠殺、雪布尼查屠殺等——是本末倒置的。這種政治表態震驚全球，更讓漢德克聲名一夜插水，冠上極右民族主義者的頭銜。童偉格指，「這是『記憶繩索』的強韌：它讓母系親族曾在境外熱望過的『大南斯拉夫』，在多年後，依舊對漢德克有效。」

然而，無論如何，《離開》卻完全沒有辦法朝向漢德克的政治傾向進行解釋，至少它的文學效果及論述方向與南斯拉夫內戰幾無對應之處。不論漢德克是否有意為之（畢竟他最著名的就是冒犯觀眾），我們得先把作者的政治傾向放到一旁。又如另一位離群索居的作家米蘭・昆德拉所說：「小說家一旦接受了公眾人物的角色，就會讓自己的作品陷入險境，作品有可能被當成一條闌尾，附庸於他的所作所為、他的公開立場、他所採取的立場。」在這個案例裡，也許政治傾向才是一條闌尾，先讓我們把它從《離開》上切掉吧。

提到了昆德拉，《小說的藝術》中對於歐洲小說傳統的論述恰好提供了一條讓我們進入《離開》這部作品的路徑，處於另外一個文學傳統的我們，《離開》可說是不易進入的。這部小說的主角是一名薩爾斯堡郊區的藥劑師，但存在感薄弱，郊區的人也不認得他。他對蕈菇有非同小可的造詣與迷戀，把房子弄得臭氣熏天還逼老婆每天吃，搞得她離家出走。有天他被不知名人士從後襲擊頭部，從此無法說話，在當地酒吧遇上兩名旅客後，在漆黑的夜晚，離開了安靜的房子與他們踏上旅途，前往阿爾卑斯山並進入一個神祕的異鄉。在那裡，他已不是藥劑師，身分更換為一名司機。在童話故事般的冒險後，藥劑師回到家裡，恢復語言能力，重回藥劑師的生活，並與敘事者討論後讓「我」寫下這個故事。

這是一種唐吉訶德式的冒險，但可以說是毫無動機，而探索後獲得的獎勵與成長也是一片虛無。換言之，冒險的意義在他方。「他把車子開到他們身邊，讓他們上車」，就這樣，三人就開著車展開了旅途。他沒有尋找之物，反而是另外兩名乘客有，他對存在感到疲憊，同時也失去了語言能力，我們所看見的文字全是後見之明，當他恢復語言能力後才由「我」事後追認的。語言顯然追不上他在旅程中所感悟的奧妙——所有領悟到的事情都隔開了一重，如若一條邊境線，像《守門員的焦慮》的一句話：「森林在邊界附近展開。」意義的森林在語言的邊界之後，晚一點到。

「當上帝緩緩離開祂曾經號令宇宙並規定價值秩序、區分善惡，並賦予萬物意義的那個位子，唐吉訶德也走出了他的家園，他再也認不得這個世界。」不只是當年的騎士，九〇年代的藥劑師也對於這個世界感到無比疏離：在他居住並服務的鄉郊裡沒人認得他、結婚多年並育有子女的妻子與他分房而睡、閒時與自己下西洋棋並讓想像中的對手勝出、與烏鴉講話並幫對方設計對白、喜歡單人床與自言自語，並自稱「孤單得噁心」。他無法安放自己存在的意義，同時，現代世界向他侵襲而來：「好比其他人有幽閉恐懼症、廣場恐懼症或懼高症一樣，他得跟碼表與速度恐懼症拚搏，其實有點像恐慌症爆發，在超過某個速度時，就會使他不得安寧。」

從此，在一切的意義都無法以語言構成秩序（延續我們所熟悉的繁中漢德克母題）後，一切只剩下唯一一個能指：蕈菇。漢德克對於蕈菇有非同小可的熱愛，在《離開》的主角對蕈菇的狂熱也可以端倪，「（世界的形成）才不是因為上面的天空跟宇宙，而是因為地底，下面。我們都是因為底下的緣故而來。」對於蕈菇的熱情，拆散了他與妻子的關係；與人談到蕈菇，就被認為是怪人與亡命之徒；打算寫一本蕈菇專書，作為一種知識的傳承；並相信除了報紙與電視以外，「人類最後一個共同討論的話題就是不同種類的蕈菇」。也許有人會把蕈菇和戰爭的蕈狀雲連結在一起，但這幾乎也是牽強的論述，還比較像是末日故事中城市青苔香菇遍布城市，大自然重掌權力的景象。蕈菇才是真正的最後生還者。

漢德克信守了他的承諾，在十五年後的二〇一三年出版了〈試論蘑菇癡兒〉，作為試論系列的第五部曲。他再次傾瀉了對於蘑菇的熱情，甚至可以說是《離開》的續篇。在這篇文章裡，他終於解釋了蘑菇如何作為一種問題意識：「在十九世紀的世界文學中，幾乎沒有一本書中出現過蘑菇的蹤影，即便出現，也是少數，輕描淡寫地一筆帶過，且蘑菇與主人公之間沒有任何關聯，往往只代表它本身，例如一些俄國作家作品裡的蘑菇，陀思妥也夫斯基、契訶夫。」而蘑菇，是一種拓寬意識的手段。

蘑菇是通往野生世界「最後的邊界」，這個邊界在現代發展席捲全球後幾乎不復存在，然而，「最後的冒險依然存在」，就像零星未接觸部落（uncontacted peoples）中的孤島荒野。無論是《離開》或是《蘑菇》，兩個故事的母題在此終於昭然若揭：主角必須出發，冒險，如唐吉訶德般朝向可笑的、不為人所理解的目標出發，並在當中尋找到存在的意義。世界向他們傾盤而來，他們朝心中的淨土沉默探去。還記得《緩慢的歸鄉》中把物理空間吸納成想像空間的想法嗎？想像空間在現實世界中縱橫恣肆，全力採摘出任何能獲得的浪漫意義。

讓我們回到《離開》吧，唐吉訶德的傳統在這裡的變體是，騎士身旁總有一個僕從，用來記錄騎士的偉大事蹟，而藥劑師的桑丘就是小說的敘事者。一切冒險故事都在騎士成為啞巴的狀況下發生，語言無法表達出來，只能在歸鄉後能說話時才讓敘事者記錄。探險的座標設於現在，真正的探險發生在回憶與討論修正之間。而它的意義全被延伸叢長的蘑菇掩蓋了，存在的能指是蘑菇，只能一次一次摘下來進食與嗅聞。在〈試論蘑菇癡兒〉裡，「長滿蘑菇的地方每時每刻都在延伸，取之不盡，像一個大洲。無論他朝哪兒望去、走去、跑去、奔去、衝去、拐去、繞彎過去，躍過小溪、枯木和小溝：黃色，黃色，到處都是黃色。永遠都不會停止延伸。」

也許就是從蘑菇當中，漢德克領悟到了自然與語言的歧異之處，語言的盡頭就是思想的盡頭，但蘑菇的盡頭還是蘑菇，無限的蘑菇。世界的意義就是蘑菇，由此取消了單次冒險的意義，因為冒險永遠還有下次的冒險，就為了收割更多的蘑菇。與此同時，由於蘑菇是取之不竭的，所以必須要分享給身邊的人——回到安靜的房子後，就不再閉門造車了，反而應該分享蘑菇給身邊的人（我希望這裡不能應用核子蘑菇雲的比喻）。蘑菇連結了一個毋須親緣關係的集體社群，喚起了一種特殊的生活節奏、一種團結的氛圍。

唐吉訶德離開家園，面前的世界無邊無際；宿命論者雅克冒險之時，歐洲的未來沒有終點；巴爾札克冒險之時，地平線的盡頭隱沒在現代的秩序底下；包法利夫人的眼中，遠方被隔在日常生活之後；在卡夫卡眼中，冒險被城堡牢牢困死了。其後我們來到了世紀末，守門員的遠方被隔在任何日常語言之後，無法順利進行任何溝通。而藥劑師從在漆黑的夜晚出發，離開了安靜的房子後，冒險的一切語言都失能了，世界剩下蕈菇，無窮無盡的蕈菇，大自然成為了一切的能指，作為對於現代世界的反抗。世界的意義只在於個人的視野與興趣當中，只要幻想當中仍有未接觸部落，則處處皆為詩歌。

彼得·漢德克　年表

一九四二年

十二月六日出生於奧地利的小鎮格里芬。其生父埃里希·舍內曼（Erich Schönemann）為德國人，在銀行任職，從軍後與漢德克母親相識，但當時舍內曼已婚，這段戀情終究未果，漢德克直至成年後才與生父相認。母親瑪麗亞（Maria）為斯洛維尼亞人，在漢德克出生前嫁給了國防軍士兵布魯諾·漢德克（Bruno Handke）。

一九四四—四八年

全家人住在蘇聯占領的東柏林區——潘科。母親瑪麗亞在此又生下兩個孩子，不久一家人搬回了漢德克的故鄉格里芬。期間父親開始酗酒。

一九五四年

漢德克在坦岑貝格城堡（Tanzenberg Castle）上天主主教寄宿學校，於校刊發表了第一篇文章。

一九五九年

移居克拉根福（Klagenfurt）就讀高中。

一九六一年

於格拉茨大學攻讀法律，並為前衛文學雜誌《手稿》（*Manuskripte*）撰稿。

一九六三年

完成第一部長篇小說《大黃蜂》（*Die Hornissen*），並於一九六六年出版。

一九六五年

漢德克放棄大學學業。

一九六六年

在美國參加「47團」（Gruppe 47）於普林斯頓的文學會議。

同年，發表《冒犯觀眾》（*Publikumsbeschimpfung*），引發矚目與爭議。

一九六七年

發表第二部劇作《卡斯帕》（*Kaspar*），並與演員莉普嘉特·史瓦茲（Libgart Schwarz）結婚。

一九六九年

成為作家出版社（Verlag der Autoren）的聯合創始人之一。以嶄新的方式經營，帶動新劇院的發展，成為劇本與廣播劇之間的重要協調角色，同時出版、代理多種作品。同年，女兒阿米娜（Amina）出生。

一九七〇年

出版《守門員的焦慮》（*Die Angst des Tormanns beim Elfmeter*）。

一九七一年

母親瑪麗亞・漢德克自殺。

一九七二年

首次與文・溫德斯合作，將《守門員的焦慮》改編成同名電影，兩人成為好友。同年，出版小說《夢外之悲》

（*Wunschloses Ungluck*）。

一九七三年

三十一歲時榮獲德語最重要的文學獎——格奧爾格·畢希納獎。同年與他人共同創辦奧地利作家協會（Grazer Autorenversammlung），一九七七年成為會員。

一九七五年

出版小說《真情時刻》（*Die Stunde der wahren Empfindung*）。與文·溫德斯合作的電影《歧路》（*Falsche Bewegung*）上映。

一九七六年

出版小說《左撇子的女人》（*Die linkshändige Frau*）。

一九七八年

由漢德克執導的《左撇子的女人》電影上映，入圍坎城最佳影片。

一九七九年

出版小說《緩慢的歸鄉》（*Langsame Heimkehr*）。

一九八三年

出版小說《痛苦的中國人》（*Der Chinese des Schmerzes*）。

一九八六年

出版小說《去往第九王國》（*Die Wiederholung*）。

一九八七年

獲得威尼斯國際文學獎（Vilenica International Literary Prize）。

同年與文・溫德斯合作的電影《慾望之翼》（*Der Himmel über Berlin*）上映，漢德克參與了該片劇本創作。

一九九一年

定居法國沙維爾。

一九九二年

發表劇作《我們彼此一無所知的時刻》（*Die Stunde, da wir nichts voneinander wußten*）。漢德克執導的電影《缺席》（*The Absence*）上映，此部電影改編自他的中篇小說，並於第四十九屆威尼斯國際電影節播映。同年，與演員蘇菲・瑟敏所生的女兒萊卡迪（Léocadie）出生。

一九九四年

與莉普嘉特・史瓦茲離婚。出版小說《我在無人區的一年》（*Mein Jahr in der Niemandsbucht. Ein Märchen aus den neuen Zeiten*）。

一九九五年

與演員蘇菲・瑟敏（Sophie Semin）結婚。

一九九六年

漢德克造訪塞爾維亞的遊記《河流之旅：塞爾維亞的正義》（*Eine winterliche Reise zu denFlüssenDonau*）出版，其中將塞爾維亞在戰爭中的角色定位為受害者，引發爭議與撻伐，但漢德克也指控西方媒體曲解了戰爭的前因與後果。

一九九七年

出版小說《在漆黑的夜晚，我離開了我安靜的房子》（*In einer dunklen Nacht ging ich aus meinem stillen Haus*）。

一九九八年

與文·溫德斯合作的電影《天使之城》（*City of Angels*）上映。

一九九九年

春天，北大西洋公約組織轟炸南斯拉夫前首都貝爾勒格，為抗議此事，漢德克將畢希納獎所獲得的獎金全數退回。

二〇〇二年

榮獲美國文學獎（America Award in Literature），該獎為美國頒給國際作家的終身成就獎項。

二〇〇四年

諾貝爾文學獎獲獎者耶利內克（Elfriede Jelinek），盛讚漢德克為「活著的經典」。

二〇〇六年

因參加前塞爾維亞總統斯洛波丹・米洛塞維奇的葬禮而再度遭到撻伐。同年，原預定頒發給漢德克的海涅獎（Heinrich HeinePrize），遭漢德克拒絕，該年獲獎人因而從缺。

二〇〇八年

獲得巴伐利亞美術學院文學獎。（二〇一〇年後與托瑪斯・曼獎合併）

二〇〇九年

榮獲卡夫卡獎。

二〇一一年

出版小說《大秋天》（*Der Grosse Fall*）。

二〇一二年

獲頒米爾海姆（Mülheimer）戲劇獎。

二〇一三年

漢德克接受塞爾維亞總統所頒發的勳章。

二〇一四年

獲國際易卜生獎。同年，漢德克呼籲廢除諾貝爾文學獎，並戲稱其「馬戲團」。

二〇一六年

與文．溫德斯合作的電影《阿蘭胡埃斯的美好日子》（*Les Beaux Jours d'Aranjuez*）上映。同年，漢德克紀錄片《彼得漢德克：我在森林，晚一點到》（*Peter Handke: In the Woods, Might Be Late*）上映。

二〇一七年

出版小說《水果賊》（*Die Obstdiebin oder Einfache Fahrt ins*

Landesinnere）。

二〇一八年

獲得奧地利的雀巢劇院終身成就獎（Nestroy Theatre Prize）。

二〇一九年

獲頒第一百一十二屆諾貝爾文學獎。

二〇二〇年

出版最新作品《第二把劍》（*Das zweite Schwert*）。獲頒塞爾維亞卡拉奧雷星勳章（Order of Karadorđe's Star）。

木馬文學167

在漆黑的夜晚，我離開了我安靜的房子

In einer dunklen Nacht ging ich aus meinem stillen Haus

作者　彼得・漢德克（Peter Handke）
譯者　彤雅立
社長　陳蕙慧
副社長　陳瀅如
總編輯　戴偉傑
責任編輯　丁維瑀
行銷總監　陳雅雯
行銷企劃　趙鴻祐
封面設計　莊謹銘
排版　宸遠彩藝工作室

出版　木馬文化事業股份有限公司
發行　遠足文化事業股份有限公司（讀書共和國出版集團）
地址　231 新北市新店區民權路 108-3 號 8 樓
電話　(02)2218-1417
傳真　(02)2218-0727
Email　service@bookrep.com.tw
郵撥帳號　19588272 木馬文化事業股份有限公司
客服專線　0800-221-029
法律顧問　華洋法律事務所　蘇文生律師
印刷　前進彩藝有限公司

初版一刷　2023 年 10 月
初版二刷　2024 年 7月
定價　480 元
ISBN：978-626-314-517-7

國家圖書館出版品預行編目

在漆黑的夜晚，我離開了我安靜的房子 / 彼得，漢德克（Peter Handke）；彤雅立譯 . -- 初版 . -- 新北市 : 木馬文化出版 : 遠足文化發行 , 2023.10
面；　公分. -- (木馬文學 ; 149)
譯自 : In einer dunklen Nacht ging ich aus meinem stillen Haus
ISBN 978-626-314-517-7(精裝)
882.257　　112016035